歌で味わう日本の食べもの

塩田丸男

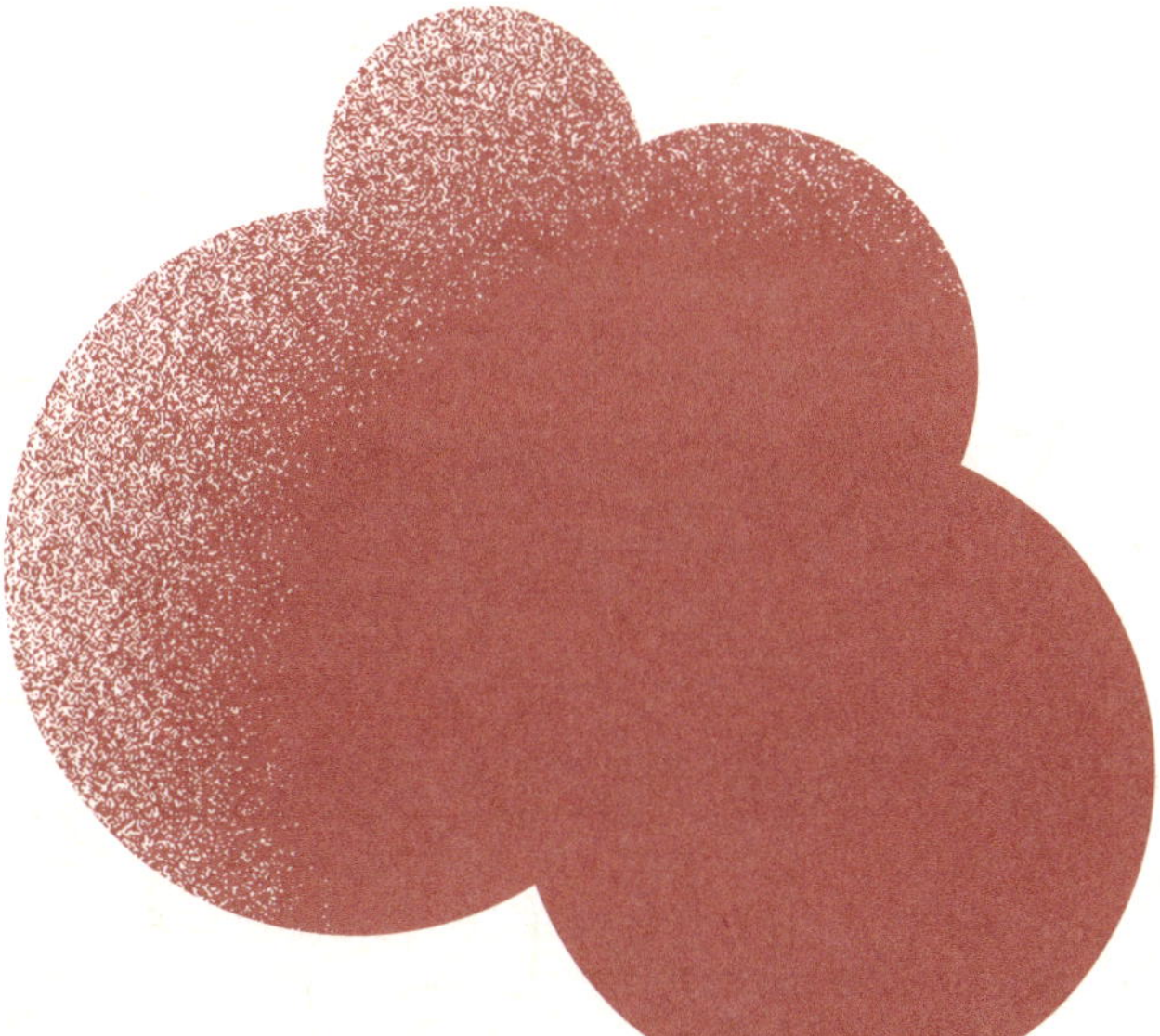

白水社

歌で味わう日本の食べもの

装丁＝松吉太郎

目次

冬の部　121

雑の部　193

はじめに

平均寿命、識字率など、日本が世界一を誇るものはいくつもありますが、食の面でも、日本人は世界一を自慢できるものをもっているのです。それは食べるものの種類の多さです。何でも食べる、ということでは昔から中国人が有名ですが、どうやら近年の日本人はそれにヒケをとらないようです。

考古学者で食物史にも造詣の深い樋口清之は「日本人は命がけで何でも食べてみるという、おそろしく勇敢な民族である。こうした貪欲さは、一方では生命力の旺盛さである。世界中でもっとも滅びにくい民族は日本人かもしれない」とその著書で言っています。

「世界中でもっとも滅びにくい民族」だなんてありがたい保証ではありませんか。それもひとえにわれわれ日本人がなんでも食うからです。食べまくるからです。

ただし、私には、一つだけ残念に思われることがあります。

グルメ・ブームといわれてからもう何年になることでしょうか。近ごろは三人寄れば食べもの談義です。内外の食物に関してみなさん、なかなかおくわしい。パスタはいかすみのタリアッテレに限るとか、ヴェトナム料理の鴨の燻製はなかなかいけるだとか、そんなウンチク話を聞いているとほんとうにびっくりします。

しかし、現在の世界の美味にやたらにくわしいそれらの人々が、ほんのちょっと昔のこととなると、日本のことでもあまりご存じない。私たちの父祖がどんなものを食材とし、どのように料理して食べていたのか、そこにどんな知恵や努力が払われたのか、などということにはほとんど知識がない。関心もあまりないようです。

近年はおせち料理にも人気が集まって、今年（平成十七年）のお正月のおせち料理は、去年の十月十九日から東京のデパートでは売り出されました。ウチの近所の若い奥さんもいそいそと買いに出かけました。

「おせちをデパートへ買いに行く時代になったのですねえ」

と声をかけたら、逆に奥さんのほうが、

「えっ、おせちを自分のうちでつくったのですか、昔は？」

大声を上げて驚いていました。おせち料理が各家庭でつくられていたのは、そんなに古いことではありません。東京のデパートでおせちが売られるようになったのは昭和五十年代のことで、第一号は江戸時代からつづいている老舗の割烹料理店「八百善」です。その「八百善」のご主人から、

「私どもでも以前はお重をつくっても家族で食べるか、親戚に配るかするだけで、売ることはまったくありませんでした」

と直接、話を聞いたことがあります。

ほんの二十年余り前のことでもこれくらい疎くなったのですから、江戸時代やそれよりもっと前の日本人がどんな食生活をして命を養ってきたか、について無関心なのは当然のことといえるかもしれ

ません。

でも、それはたいへん残念なことです。「衣食住」といいますが、人間の生活を支えるこの三本柱の中でももっとも重要なのは「食」です。食こそ人間を支える最重要なものです。人間の歴史は食の歴史です。日本人の歴史を知るためには日本人の食を知らなければならないのです。

「日本人は何でも命がけで食べる」という樋口さんの言葉もいい言葉です。「命がけで食べる」いい例はなんといっても河豚《ふぐ》でしょう。世界中で河豚を食うのは日本人と中国人だけですが、中国人も河豚の肝臓や卵巣は食べません。河豚毒のテトロドトキシンは青酸カリの十三倍という猛毒で、これが集中しているのが肝臓と卵巣だからです。それなのに河豚の卵巣を常食する日本人がいるのです。

石川県のある地方の人々です。この地方の人たちは、河豚の卵巣も糠漬けにすると毒が消えるといって、三百年も前から河豚の卵巣を常食してきました。事故は一度もないそうです。実は私も三年前にその地方へ行って河豚の卵巣を食べてきました。私もやはり日本人なのですねえ。

発酵学の権威で東京農業大学教授の小泉武夫氏とは二十年来のつきあいですが、その小泉氏が「石川県には世界一珍しい魚の漬物が残っている。それは私が、地球上でもっとも珍奇な発酵食品だと常々吹聴している『河豚の卵巣漬け』である」と太鼓判を捺《お》しているのに励まされて食べに行ったのです。やっぱり、相当緊張しました。はじめて河豚の卵巣を口に入れた瞬間は鳥肌が立つ思いでした。でも、うまかったですよ。ほんとに！　もちろん、体には何の異常もありませんでした。

その後、今度は河豚の肝臓を食べに大分へ行きました。河豚の刺身にキモをたっぷりまぶして食べさせてくれるところがあるのです。これもうまかった！

世界中の美味を味わうためには世界中を回らなければならないかというと、そんなことはありません。「ニューヨークには世界中の美味が集まっている」といわれるように、大都会には世界の美味が集まってくるのです。今の東京はニューヨークを追い越して、世界で一番うまいものが集まっているところだといわれています。

邱永漢さんからは著書をよく頂戴しますが、この原稿を書いている今、邱さんから新著が届きました。『口奢りて久し』という食べものを主題にしたエッセイ集ですが、パラパラと開いてみると、たちまち、こんな文章が目につきました。

「世界中の料理が日本にあることと、アメリカにあることとは同じことではない。アメリカ人にかかると、どこの国の料理であったかわからなくなるほどミックスされて、いわゆるエスニック料理になってしまうが、日本では限りなく日本料理に近づいて、日本風のフランス料理ができたり、日本風のイタリア料理になったりする」

まったく同感です。東海の一島国である日本は諸外国の文化を取り入れて成長してきたわけですが、その取り入れぶりがユニークだったのです。あらゆる文化を見事に日本風に仕立て直したのです。和服姿でお茶を立てている女性を見ると、これぞまさしく「純日本風」と誰でも思うことでしょうが、着物も茶の湯もともに外国から渡来したものです。食文化も例外ではありません。

邱永漢さんの『口奢りて久し』の中にも「日本人はラーメンを中国のものと思っているが、中国人は日本のものと思っている」というくだりがあって、なるほど、と思いました。

中国では今、ラーメン・ブームで、各地でラーメン祭りのようなものが盛大に行なわれていますが、その主催者はおおかた日本人です。中国人がラーメンは日本の食物なのだな、と思うのも無理はないことです。ラーメンばかりではありません。外国から取り入れた食品を日本風にアレンジしてしまうのは、日本人の、世界にも稀な特技です。焼き肉も韓国が本場ですが、台湾にも香港にも、そしてソウルにまで日本の焼き肉店が進出して、アジア全体でみれば、日本人の経営する焼き肉店のほうが韓国人の店より多いし、評判もいいのだそうです。

世界中から食材と料理法を自由に取り入れ、それを日本流に改善工夫して、よりおいしいものにする。そして、それをまた世界中に広めて多くの人々の舌を喜ばせているのが日本人なのです。

そんな日本人がどうしてできたのか。どんなものを、どのように料理して日本人はこれまで食べてきたのか。その秘密を少しでも解き明かせれば、と思って書いたのがこの本です。

「歌で味わう……」という書名に首をかしげられた方もいらっしゃるかと思いますが、これも理由があることです。日本人が世界一であるのに、そのことに多くの人が気づかずにいるものがいくつかあります。「日本人が世界で一番歌う民族」だというのもその一つでしょう。

「カラオケ」は「空《カラ》のオーケストラ」をつづめたもので、もちろん日本人の発明です。十年ほど前、日本のカラオケ団体がニューヨークのカーネギーホールを借り切って、カラオケ大会を開き、顰蹙《ひんしゅく》を買ったことがありましたが、それももう昔話です。

今やカラオケは世界中から引っ張りだこの歓迎ぶりです。これも邱永漢さんの本にあったことですが『スキヤキ』からはじまってエジプトのプラットホームで『昴《すばる》』のメロディをきいたこともあるし、揚子江の水源地のホテルで『北国の春』にでくわしたこともある」というくらい日本原産のカラオケは世界中を席捲《せっけん》しています。

しかし、ここで私が「日本人が世界でいちばん歌う民族」だというのは、そういうことではありません。声を出してメロディを歌うことだけが「歌う」ではありません。詩を吟ずる、歌を詠むことも「歌う」ことです。日本人は世界でいちばん詩歌を詠む民族なのです。

日本の歴代天皇はほとんどの方が「御製《ぎょせい》」を詠まれます。和歌という「詩」です。歴代首相にも短歌や俳句を詠む人が何人もいます。先進諸国で詩をつくる王様や大統領がどれくらいいることでしょうか。生を終えるにあたって、事務的な遺言ばかりではなく、感慨をこめた言葉を残すのは世界中の多くの人が行なっていることですが、それを「辞世」という歌に託して残すわが国の習慣はきわめて珍しいものでしょう。

ふだんは詩や歌などとはまったく関係のない人生を送ってきた人物が、死にあたって突然三十一文字を詠む、これも大変特異な日本の国民性ではないでしょうか。

近年の俳句ブームもこの国民性に支えられて生まれたものだと思います。俳句人口は三千万人にも達するといわれています。こんなにも国民的規模で「詩」が詠まれる国が他にあるでしょうか。日本人が世界一の「歌う民族」だという私の意見は決して独断ではないと思います。

では、このように「世界一の歌う民族」であるわれわれ日本人が「世界で一番たくさんの種類の食べもの」を食べる日本人の見事な食いっぷりをどのように歌ってきたか、また現在も歌いつづけているのか、それが本書のテーマです。ご熟読いただけることを心から祈っております。

春の部

『万葉集』第一首

籠《こ》もよ　み籠《こ》持《も》ち　ふくしもよ　みぶくし持《も》ち　この岡《おか》に　菜摘《なつ》ます子　家告《の》らせ　名告《の》らさね　そらみつ　大和《やまと》の国は　おしなべて　我れこそ居《を》れ　しきなべて　我れこそいませ　我れこそは　告《の》らめ　家をも名をも

これは『万葉集』巻一の開巻第一首です。

『万葉集』は改めていうまでもなく日本が世界に誇る詞華集です。約四世紀にわたって、天皇から庶民にいたるさまざまな階層の五百人近くの人々が詠んだ四千五百首余りの長歌、短歌、旋頭歌《せどうか》などを集録したもので、このような大歌集は世界に類がありません。

「万葉」の「万」は「数多くの歌を集めた」ことをあらわすという説と「万世、万代まで伝える」という意味だとする説と二説ありますが、そのどちらかというよりは、両説を合わせたものと私は思います。

「葉」のほうは「歌」をあらわします。物語などと違って、歌の一つ一つは短くて小さいものだからでしょうか。後代には『金葉集』(勅撰和歌集、十巻)『新葉集』(準勅撰集、二十巻)などの歌集も出ました。

日本に漢字を伝えた本家の中国でも、詩を数えるのに一葉、二葉ということはありません。葉を歌の意味に用いるのは日本独特の用法のようです。古代の日本人は「菜」や「葉」に歌ごころを強く刺激されるところがあったのかもしれません。

この長大な『万葉集』のトップランナーになったのは雄略天皇の歌です。雄略天皇は五世紀後半の天皇で、在位二十数年にわたり、諸氏族の反乱を次々に鎮圧するなど、なかなか強い天皇だったようです。この大歌集のトップにそういう天皇の御製が飾られたのは当然のことともいえましょうが、その歌が恋歌であるところがおもしろい。

明治以降の御製には恋歌なんて一首もありませんからね。古代の天皇のほうがずっと「人間天皇」であったようです。この恋歌を現代語訳してみると、

（おや、菜摘みをしているのかい。いい籠を持ってるじゃないの。菜を採る道具の〈ふくし〉もなかなかいいのを使っているじゃないか。どこの家の子？　名前も教えてよ。ねえ、早く言いなさいよ。君が言わないなら私のほうから先に言っちゃおうか。私は、この大和の国を隅から隅までガッチリと押さえている者なんだよ）

といったところでしょうか。この時代には、男が女に家や名前を訊《き》くことは、求婚を意味し、女がそれに素直に答えることは、その求婚を承諾したことを意味していました。

大和の国の支配者からいきなりプロポーズされた娘も驚いたことでしょうが、雄略天皇はまた、娘のどこにそんなに一目ぼれしてしまったのでしょうか。

「みぶくし持ち　この岡に　菜摘ます子」と歌にあります。天皇は、娘の「菜を摘んでいる姿」に魅入られたのです。菜が天皇を呼んだのです。

菜の中でも特に人を魅《ひ》きつけるのは、もちろん「若菜」でしょう。雄略天皇にプロポーズされた娘が摘んでいた菜も若菜だったに違いありません。

雄略天皇は菜を摘む娘の姿に一目ぼれしたのですが、恋する女性のために、みずから野に出て若菜を摘もうという、一段と積極的な天皇もいました。

仁明天皇の第三皇子で、五十五歳になってやっと即位したという珍しい経歴の光孝天皇です。『古今和歌集』巻一に、「仁和のみかど、皇子におましましけるときに、人に若菜賜ひける御歌」という詞書《ことばがき》が添えられて、次の歌が載っています。

君がため　春の野に出《い》でて　若菜《わかな》つむ　わがころもでに　雪は降りつつ

後に、『小倉百人一首』に選ばれたので、すっかり全国民におなじみになった歌です。

「春の野に」とはいっても、春とは名ばかりで、実際には「わが衣手に雪は降りつつ」というひどい天気だったのですね。何もそんな悪天候の日に菜摘みに出かけることもないだろうと思いますが、恋する「君がため」ということになれば、雪が降ろうと槍が降ろうと、ということなのでしょう。後に天皇になるほどの人にこれほどまでに想われたのは、どんな素敵な女性だったのでしょうか。

若菜は乙女の魅力

「若菜摘み」を歌った歌は数多くあります。紀貫之もこんな歌を詠んでいます。

春日野《かすがの》の　若菜摘みにや　白妙《しろたえ》の　袖ふりはへて　人のゆくらむ

（春日野の若菜を摘みに行くのだろうか。白い袖を元気よく振ってゆくあの人たちは）

『古今和歌集』に載っている歌ですが、同書には「よみびとしらず」の次のような歌もみられます。

春日野《かすがの》の　飛火《とぶひ》の野守《のもり》　出《い》でて見よ　いまいく日《か》ありて　若菜つみてむ

（早く若菜を摘みたいなあ。あと何日くらい経てば春日野の若菜摘みができるようになるか、飛火野の番人よ、ちょっと外へ出て様子を見てきておくれ）

みやまには　松の雪だに　消えなくに　都は野辺《のべ》の　わかなつみけり

（この山里では松の枝の雪さえまだ残っているというのに、都ではもう若菜摘みがはじまっている

ようだ。うらやましいことだ)

天皇から庶民まで、昔の人はほんとうにみんな若菜が好きだったのですね。
若菜は特定の植物をさす言葉ではありません。食用になる野生の植物の若萌えのことです。人間で言えば乙女でしょう。人々が若菜に夢中になるのは当然のことでしょう。

日本人は世界一の野菜食い民族なのに、日本原産の野菜はきわめて少ない。芹《せり》、水菜《みずな》、蔓菜《つるな》、蕗《ふき》、韮《にら》、茗荷《みょうが》、独活《うど》、三つ葉、山芋くらいで、それもほとんど葉菜です。「菜《な》」といってもいいでしょう。日本の野菜の原点は「菜」なのです。日本人ほど「菜」の好きな民族はないでしょう。米食民族というよりも菜食民族のほうがわれわれにはふさわしい名前ではないか、と私は思っています。

菜とは「草ノ茎、葉、根ノ食フベキモノノ総称」(『大言海』)です。もっと大ざっぱに言えば「食べられる植物」でしょう。

若菜とは、早春に萌え出る草葉のなかで食用になるものをいうのですが、万葉のころ、人々はどんな若菜を摘んでいたのでしょうか。具体的に植物の名を詠みこんだこんな歌もあります。

あかねさす　昼は田賜《たたび》て　ぬばたまの　夜のいとまに　摘める芹《せり》これ
(昼間は役所の仕事でたいへん忙しかったんだ。夜になってやっと摘んできた芹がこれだよ、これ)

自分の好きな女性に芹の束を与えるのに添えた歌ですが、なんだかちょっと恩着せがましい口調ですね。作者は橘諸兄《たちばなのもろえ》。藤原氏と対抗したことでよく知られている奈良時代の公卿です。光明皇后の異父兄にあたる人で、もともとは葛城王《かつらぎおう》と呼ばれていました。臣籍に降下して橘諸兄と名を改めたのですが、こちらの名前のほうがよく知られているようです。

この諸兄が葛城王だったころに詠んだ歌で『万葉集』の巻二十に載っています。葛城王から芹をもらった女性はすぐにお礼の返歌をします。

ますらをと　思へるものを　太刀《たち》佩《は》きて　可爾波《かには》の田居《たゐ》に　芹ぞ摘みける

(たいへん偉いお方だと思っていましたのに、なんとまあ、立派な刀を腰に差したまま蟹のように地面を這って、芹を摘んできてくださったのですか)

と感謝の気持ちをあらわしながらも、すこし皮肉っているところがおもしろい。恩着せがましいところに、女性はいささかカチンときたのでしょう。

これらの歌でもわかるように、万葉時代の春の野の若菜たちは胃袋を満たす食料であるばかりではなく、恋の仲立ちの役目も果たしていたのです。

いや、万葉、古今の大昔ばかりではありません。明治の代表的な詩人である島崎藤村の処女詩集『若菜集』におさめられた「おえふ」「おきぬ」「おさよ」「おくめ」など有名な詩篇はみな乙女たちの切ない恋ごころを詠んだものです。若菜は春のシンボル、春は恋の季節だと思えば、うなずけることですね。

七草

数ある若菜の中でも特に珍重されたのは芹です。春の七草の首座を占めていることからもそれはわかります。一月七日は俗に「七日正月」といって、昔から元日に次ぐ重要な祝日とされてきました。五節供の一つです。この日を祝って食べるのが「七草粥」です。

七日にちなんで、七種類の材料を用いるのですが、その材料は時代によっても、地方によっても異なります。もっとも広く行なわれているのが次の七種です。

芹《せり》、薺《なずな》、御形《ごぎょう》、はこべら、仏《ほとけ》の座《ざ》、すずな、すずしろ、春の七草

歌道師範家として有名な冷泉家《れいぜいけ》に伝えられている歌ですが、私の子どものころはこの歌を口ずさんで、春の七草を覚えたものです。

「薺」はペンペン草、「御形」は母子草の異称、「仏の座」はキク科の「タビラコ」の別称、「はこべら」はハコベ、「すずな」は蕪《かぶ》、「すずしろ」は大根のことです。

正式には（冷泉家では）正月六日の夜、これらの七草をゆがいて、俎《まないた》に乗せ、連木で俎の端をたた

きながらこの歌を四十九回、はやしたてる、という儀式を行なったそうです。

もちろん、私の家ではそんな律儀なことはしません。七日の朝、母親が台所で無言のままトントンと七草を刻み、そのそばで子どもたちが大声ではやしたてていたのです。ただし、はやし唄は「せり、なずな……」ではなく、

七種《ななくさ》なずな　唐土《とうど》の鳥が　日本の土地に　渡らぬ先に　七草はやす

というものでした。このはやし唄は地方によっていろいろ文句は異なります。

「七草なずな、唐土の鳥と、日本の鳥と、かちあうてバタバタ」

「どんどの虎と、田舎の虎と、渡らぬ先に、何草はたく、七草はたく」

「唐土の鳥と、日本の鳥と、渡らぬ先に、頭切って尾切って、唐土紙に包んで、沖ノ島に流す」

などと、さまざまですが、趣旨は要するに、中国から疫病や悪い奴がやってこないうちに、日本の大切な行事はすませておこう、というものです。

中国からさまざまな、また数多くの文化を伝えてもらっていた当時の日本で、どうしてこんな中国を悪者扱いにする歌が歌われたのでしょうか。

嫁菜

「先生を捕まえてなもしたなんだ。菜飯は田楽の時よりほかに食うもんじゃない」とあべこべにやりこめてやったら「なもしと菜飯とはちがうぞな、もし」と言った。いつまで行ってもなもしを使う奴だ。

漱石の『坊っちゃん』にこんなくだりがあります。四国の中学の数学教師になって赴任した江戸っ子の坊ちゃん先生は、地方の言語風俗とあわず、何かにつけて腹を立てるのですが、ここで文句をつけているのは生徒の言葉遣いです。語尾に「……な、もし」と必ずつけるのが気に入らなくてこのような文句になったわけです。

菜飯はご飯にいろんな青菜を刻んで炊きまぜたもので、「菜飯田楽」と連称されるくらい豆腐の田楽をおかずにして食べるのが慣わしになっています。元禄年間に出た本草学の名著『本朝食鑑』にも「その味甘美にして香よく、気を下し胸を寛ぎ、食気を停滞せしめず」と褒めちぎられているほどで、昔の人はよく食べたようです。

小松菜、京菜、蕪などの緑葉菜を刻んでいれるのですが、嫁菜もその一つです。

嫁菜はキク科の多年草で、野原や田の畦などどこにも見られる野の草です。俳句では仲春の季語になっており、

みちのくの摘んでつめたき嫁菜かな　細川加賀
姑と箱膳ならべ嫁菜飯　町田勝彦

などの句があります。『飲食事典』(本山荻舟著) には「茹でて固く搾り上げたのを微塵に刻み食塩をふり混ぜて、淡塩味に炊き上げた飯に混じた嫁菜飯は菜飯中での香味である」と記されています。
終戦後の大ヒット曲に「トンコ節」というのがありました。作詞が西条八十、作曲が古賀政男という流行歌史上最強のコンビによってつくられた歌ですが、この歌の中にも嫁菜が出てくるので笑ってしまいました。

ちらと三つ葉で　ほうれん草
ぜひに嫁菜と
ちょいと口説かれて
わたしゃ畑の　芋むすめ
首を振り振り　子ができた　ネー　トンコ　トンコ

白魚

春を感じさせる魚の筆頭は？　と問われれば桜鯛を挙げる人が多いのではないでしょうか。春告魚の異名を持つ鰊を挙げる人もいるでしょう。魚偏に春と書くぐらいだから鰆こそ春の魚の代表だ、という人も少なくないでしょう。だが、私としては白魚を推したい。

春といえば、日本人が一人残らず知っている『枕草子』の書き出しの名文句「春は、あけぼの」。その「あけぼの」に重なり合って浮かんでくるのが芭蕉の名句、

明ぼのやしら魚白きこと一寸

です。白魚は海水と淡水がまじりあう汽水域《きすい》に棲むのが最良とされていますが、あけぼのの汽水から掬《すく》い上げた白魚の美しさこそ春を象徴するものではないでしょうか。

歌舞伎の『三人吉三廓初買《さんにんきちざくるわのはつがい》』で大河端を背景に三人吉三が出会う時の名セリフ「月も朧に白魚の篝もかすむ春の空」も人口に膾炙しています。

しかし、これはあくまで「春の魚」としての話であって、「春の味覚」としての話ではありません。

急いでお断りしますが、私は白魚をうまくない魚だと言っているのではありません。白魚の卵とじもおいしいし、白魚飯も秋の松茸飯に勝るとも劣らぬ季節の味覚です。

でもやっぱり、あの白魚を生きたまままむしゃむしゃ頬張る気にはどうしてもなれないのです。あまりにも美しい、あまりにも可憐なその姿に、箸を出すのをついためらってしまうのです。

「三人吉三」の狂言でもわかるように、白魚はかつては隅田川や多摩川でも獲れた魚ですが、漁獲量は年々減って今は全国各地で、というわけにはいきません。似たような小魚に「しろうお」というのがあって、今、白魚と称して売られているものの七、八割は実は「しろうお」なのだそうです。

現在、ほんものの白魚の主産地は島根県の宍道湖《しんじこ》です。ただし、ここでは白魚は「冬の魚」なのです。『サライ』という雑誌の平成七年十月十九日号に「宍道湖の白魚」について松江市にある白魚料理の老舗「魚一」のこんなコメントが載っています。

「とくに美味しいのは、雪が降り始めてからですね。身が締まって、造りにしても、卵とじにしてもなんともいえない旨みが出てきます」

その雪の宍道湖に出向いて、白魚料理をご馳走になるというチャンスが一昨年の冬にありました。羨ましがらせようと思って吹聴しているわけではありません。その時、私はせっかくの白魚に箸が出なくて、店の人に笑われてしまったのです。白魚料理すべてに箸が出なかったわけではありません。天麩羅や雑炊などは十分においしくいただいたのですが、「躍り食い」がダメだったのです。あれは、どうしても顔を背けてしまいます。

先に挙げた「明ぼのや」のほかに、芭蕉には、白魚を詠んだこんな句もあります。

藻にすだく白魚や取らば消えぬべき

藻のまわりに群がっている白魚はやがて網で掬い取られるのだろうが、掬われた瞬間、あの白魚たちは煙のように消えてしまうのではないだろうか、と白魚のはかない美しさを嘆じているのです。

雨に獲し白魚の嵩哀れなり　水原秋桜子
ふるひ寄せて白魚崩れんばかりなり　夏目漱石
白魚や薄雪水に消えしより　松根東洋城

など白魚のはかない美しさを詠じた詩人は少なくありません。室生犀星の詩にも、

白魚はさびしやそのくろき瞳はなんといふ
なんといふしほらしさぞよ

という一節があります。このように白魚を歌った人々は、白魚の躍り食いを供された時、大喜びでいきなりパクついたでしょうか。やはり、私と同じように箸を出すのをためらったのではないでしょ

うか。
もちろん、世間は私のような弱気な人間ばかりではありません。

昼深く生ける白魚をすすり食《た》ぶ　五所平之助

五所さんは、戦前は「マダムと女房」戦後は「煙突の見える場所」などの名作で知られる映画監督ですが、「五所亭」の俳号で俳句も玄人並の人でした。実は私は五所さんとはある連句の会のお仲間としてのつきあいが何年かありました。それだけに、この句を見た時には、あの五所さんが、と驚きました。
意味はまったく違いますが、もっと驚いた白魚の俳句があります。

白魚や汝らの食ふものならず　嵐雪

昔は隅田川や多摩川でも白魚は獲れたものだ、と先に書きましたが、それでもふんだんにあった魚ではなく、稀少価値があって珍重されたもののようです。この嵐雪の句もそういう意味合いのものでしょう。自分は「うまい、うまい」と大口を開けて食いながら、これはお前たち下々の者が食うものではないぞ、と威張っているのです。それでも俳人ですかね。

バカ貝

バカ貝と青柳とはおなじ貝です。だから中には青柳が正式な名前でバカ貝が俗称だと思っている人もいるようです。「いくら貝でもバカだなんてひどい呼び方ね。誰がこんな名前をつけたのでしょうね」とバカ貝に同情する声を聞いたことがあります。たしかに気の毒な名前ではありますが、バカ貝のほうが〝本名〟なのです。

千葉県市原市に青柳という地区があります。明治の中ごろ、この地区で地域の経済振興策の一つとしてバカ貝の稚貝養殖をはじめました。これが成功して、この地区は全国でも有数のバカ貝の主産地になりました。この地区の名前にちなんで関東地方ではバカ貝のことを青柳とも呼ぶようになったのですが、この呼び名はまだ全国的に通用しているわけではありません。

馬鹿貝の逃げも得せずに掘られけり　　村上鬼城
馬珂貝を下げし童顔雨にあふ　　石寒太

などの句が見られますが、青柳と詠んでいる句は見あたりません。殻は蛤《はまぐり》に似ていますが、波の静かな穏やかな日などに舌に似た赤い脚を殻から出していることが多く、その姿を知的障害の子どもが口をあけて舌を出している様子に見立てて、「バカ」と呼ぶようになった、といわれています。馬珂と書くのは馬鹿という字面の汚さを嫌ったからでしょう。

江戸小咄に「ばかのむきみ」というのがあります。「ばか」はバカ貝のことです。小さな貝の殻をいちいち剝くのは面倒なものですから嫌がる主婦も多い。そんな無精な主婦のために貝売りはあらかじめ殻をとり、剝き身にして振り売りをします。バカ貝の振り売りなら当然「バカ、バカ」と連呼して歩くことになる。客が「バカ」と呼べば、「ハイよ、バカはこちら」と答える。それを嘲笑して、バカの剝き見売りをからかおうとした男が、うっかり言い違えて逆に自分のほうが恥をかく、という話です。バカ貝ばかりではなく、蜆《しじみ》、浅蜊《あさり》、蛤など貝類の行商は、以前はずいぶん盛んだったようです。

むきみうりぎょうさんにして一つ負け
五文がむきみすりばちを内儀出し

こんな川柳が詠まれたのも今は昔語り。平成十一年七月十二日付の朝日新聞夕刊に「潮の香、今、高級品」という見出しの記事が載っています。青柳地区は埋め立てられて、貝の採れる場所は今はもうないのだそうです。

潮干狩

貝といえば潮干狩です。谷川俊太郎さんの「地球へのピクニック」という詩に、

ここにいてすべての遠いものを夢見よう
ここで潮干狩をしよう
あけがたの空の海から
小さなひとでをとって来よう
朝御飯にはそれを捨て
夜をひくにまかせよう

という一節があります。ちょっとわかりにくい詩ですが、「遠いものを夢見」ることと潮干狩とが詩人の頭の中では重なりあっていることは推測できます。

潮干狩というと、ひたすらしゃがんで、うつむいて、砂の中からバカ貝やら蛤やらを掘り出すことだと思うのは、散文的な凡人の考えなのですね。潮干狩は遠いものを夢見ることなのだ、とこれから

は考えましょう。

平成十三年の春、千葉県木更津の海岸に出向いて、潮干狩をしました。何十年ぶりのことだったでしょうか。家族連れで潮干狩に出かけるのは子どもが小さいうちです。子どもも高校生にもなれば、親といっしょに潮干狩に行きたいなんて思いませんからね。久しぶりに出かけた潮干狩の模様は昔とはすっかり様変わりでびっくりしました。

私の子どものころは一般の人が勝手に海に出かけて、浜辺で貝を掘ってくる、それが潮干狩でした。今は漁業権が強く主張されて、海は漁師さんたちの支配下におかれています。勝手に入って、その辺に埋まっているものを黙って持って帰るわけにはいかないのです。

見張りのいるゲートがあって、そこからしか浜には入れません。ゲートには、

入場料　大人一〇〇〇円　小人五〇〇円
採貝量　大人二キログラム　小人一キログラム
超過料金　一キログラム　六〇〇円

と味気ないことを書いた大きな木の札がかけられてありました。それでも砂浜は人、人、人の大盛況で、若い女性の姿も見られました。若い女性といえば、私の俳句仲間でもある俳優の小沢昭一さんに次のような愉快な句があります。

校長満悦洋裁学校潮干狩

海苔

「味付け海苔の小袋がしれっとなった朝食に出会うと、一日中暗い気分になってしまう」（『日本の朝ごはん食材紀行』向笠千恵子著）というような人さえいます。今の若い人はそうでもないでしょうが、かつての日本人にとって海苔《のり》は食卓に欠かせないものだったといっていいでしょう。

日本人は海苔をいつごろから食べはじめたのでしょうか。中国では海苔のことを「紫菜《ツツアイ》」といいますが、持統天皇三（六八九）年の記録に「紫菜献上」の文字が見えます。これがわが国の文献に海苔が現われた最初だといわれています。この献上海苔は生海苔だったのか、それとも乾燥してなんらかの加工が施されたものだったのか、正体はわかりません。

「のり」という言葉が生まれたのはずっと後の江戸時代のことで、生海苔の「ぬるぬる」している状態から「ぬる」が転じて「のり」になったのだ、と『大言海』では述べています。これでは箔がつかないと思ったのか、「のり」は「法」の「のり」だという説もあります。承応年間、後水尾天皇の皇子守澄法親王が初代の輪王寺門跡として入山された時に海苔が献上され、親王は大変喜ばれた。そこで、仏法の「法」の字をとって「のり」と呼んだのだ、というのですがどうでしょうか。私の独断ですが、この語源というもの、もっともらしければもっともらしいほど、なんとなく嘘っぽく思えるし、もっともらしくなければ、もちろん信じがたいし、むつかしいものですね。

一口に海苔といっても、青海苔は緑藻植物だし、浅草海苔は紅藻植物ですから一緒にするわけにはいきません。ほかにも刺身のツマにするオゴノリや海藻サラダのトサカノリなんかもありますし、海藻ではない川海苔や水前寺海苔もあります。

しかし、なんと言っても有名なのは浅草海苔で、これが出現してはじめて、海苔が日本人の特徴的な食物になったのです。向笠さんが言っているのも浅草海苔のことでしょう。

海苔の繁殖に適しているのは、淡水と海水のまじった汽水域で、小魚介類がたくさんいるところとされています。東京湾では目黒川が流れ込んでいる品川の天王洲あたりがその条件にぴったりだったので、この辺で天然の海苔もよく獲れたし、海苔の養殖も盛んに行なわれるようになりました。

「浅草海苔」という名称は、浅草に海苔の加工の名人がいて、品川・大井で獲れた生海苔を浅草へ持ってきて、四角くて薄いあの海苔をつくったからです。品川生まれの浅草育ち、といったところでしょうか。大森と蒲田が合併して大田区になった例に倣えば「浅品海苔」といったほうがいいのではないでしょうか。

海苔掻きは早春の海岸風景の代表的なものでしょう。

海苔掻きのあまた出てゐて岩がくれ　　田中正城
海苔掻きは他を見ず岩を見て去りぬ　　渡辺水巴

磯菜摘まん　今生《お》ひ初《そ》むる　若布《わかめ》海苔《のり》　海松布《みるめ》神馬草《ぎばさ》　鹿尾菜《ひじき》石花菜《こころな》　西行

などの歌句があります。

西行の歌は『山家集《さんかしゅう》』に載っているもので、淡路島に行った時の詠です。「生ひ初むる」の一語に「春になった！」という感動が伝わります。神馬草はほんだわらのこと。石花菜は心太《ところてん》のことです。海苔をはじめ若布や海松布やその他の海藻がつぎつぎに姿を現わして海女たちを喜ばせてくれる時期です。「磯菜摘まん」という初句も、春を迎えてわくわくしている海女の気持ちをよくあらわしています。いい歌です。

こういう歌は好きなのですが、『古今和歌集』に出てくる、

早き瀬に　海松布生ひせば　わが袖の　涙の川に　植ゑましものを

というようなのはいただけません。海松布が出てきますが、これは海藻を歌った歌ではありません。巻第十一「恋歌」の部に入っていることからもわかるように恋の歌なのです。

（海松布は流れの急な川の瀬によく生えるものだというが、それなら私の袖を流れる涙川にぜひ植えてみたい。激しい涙川の瀬であの人を〝見る目〟が多くなると嬉しいもの）

というのが歌の解釈です。海松布と「見る目」の語呂合わせをおもしろがっているだけの歌で恋の実感もありません。

江戸時代の狂歌師朱楽《あけら》菅江《かんこう》の狂歌に、海苔を詠んだこんなのがあります。

年波もよりくる浜のしらがのり磯菜とやいはんおきなとや言はん

「越後のしらが海苔をもらひて」という前書きがついています。

（白髪海苔という名前から察すればこの海苔は海の波から生じたのではなく「寄る年波」から生まれたものだろう。「磯菜」というよりは「翁」といったほうがいいのでは）

ざっとこんな意味でしょう。白髪海苔というのはよく知りませんが、オゴノリの白いようなのではないでしょうか。「白髪」と「寄る年波」を、「おきな」と「いそな」をかけた狂歌らしい狂歌ですが、先の『古今和歌集』の歌とくらべて、本質的にどこが違うのか、首をかしげます。『古今和歌集』なんて立派な歌集のような顔をしているけれど、実態はそれほどのものではないような気がします。

日本人の愛する海苔をもっとまともに歌い上げた名歌はないものでしょうか。

刺身の食べ方

鳴門鯛うましき春を来遊びてころころかたき鯛の刺身くふ　吉植庄亮

「桜鯛」という季語があります。『日本大歳時記』にはこんなふうに説明されています。
「鯛といえば真鯛、黄鯛、血鯛の三種だが、なかでも真鯛が形も色も味もよく、海産魚類の王である。春、産卵のため内海の浅場へ群れてくるが、そのころことに雄の真鯛は、腹部が婚姻色と言って、性ホルモン作用で赤味を帯びる。ちょうど花時に当り、その色を賞美して、俗に桜鯛とか花見鯛とか言うのである。（中略）瀬戸内海では、鳴門・紀淡・明石などの諸海峡を通って乗込むので、鳴門鯛・明石鯛などの名称がある」

吉植の歌はその桜鯛の刺身を食べた喜びを素直に歌ったものです。百魚の王は鯛、鯛の横綱格は鳴門鯛、そのもっとも美しい時が桜鯛、そして魚のいちばんうまい食べ方はなんといっても刺身です。読んでいるこちらの口中にも涎がにじみでてきそうな、見るからにおいしそうな歌ではありませんか。

文化人類学者で、国立民族学博物館館長の石毛直道氏は『食物誌』（大塚滋、篠原統との共著）の中で、

「料理屋風の日本料理は〈料理をしないことが料理の理想〉というたいへんパラドキシカルな料理観にささえられている。サシミこそは、その料理観を象徴する料理」

と言っています。同じ食材でも料理人の腕一つで味が大きく変わるのが料理の特徴ですが、「料理をしない」刺身の場合はどうでしょう。料理人の包丁さばきよりも重要なのは、食べるタイミングです。食物の味の良し悪しは、大ざっぱにいうと、それに含まれるグルタミン酸とイノシン酸の作用に左右されるとされていますが、食べるタイミングもなかなか重要なのだそうです。

京都大学農学部水産学教室の坂口守彦教授は、鯛をはじめ、魬《はまち》、鱈《たら》、ズワイ蟹、帆立貝などについてこの点を詳しく調べてみた結果を、平成八年十月に高松市で開かれた日本農芸化学会で発表しました。それによると、獲った魚を絞めてから次第に増えてくるイノシン酸とグルタミン酸の量が最高に達するのは十時間後だったそうです。

魚介類の肉の「破断強度（ねばりづよさ）」の指数や、魚肉を噛んだ時にどれくらい肉汁が出るかという「液汁性」も味覚には大きい影響があります。さらにその人の年齢や文化的背景も考慮にいれなければならないから断定はしにくいが、十時間から十二時間後、というのが刺身を食べていちばんうまい時だ、というのが坂口教授の結論でした。

私なんかには、吉植庄亮の歌った、獲れたての鯛の「ころころかたき」刺身のほうがうまそうに思えるのですがねえ。

膾は刺身の元祖

刺身といえば膾《なます》。天下の美味の代表が膾だ、といったら首をかしげる人が大勢いることでしょうが、大昔はそうだったのですね。その証拠が「人口に膾炙する」という言葉です。これは「人々に広く知れ渡って賞賛されること」を意味するものです。炙はあぶり肉のことです。膾や炙のようにだれでもが知っている、だれでもが褒める、それが「人口に膾炙する」なのです。

膾は『広辞苑』では「①魚貝や獣などの生肉を細かく切ったもの。②薄く細く切った魚肉を酢に浸した食品。③大根・人参を細かく刻み、三杯酢・胡麻酢・味噌酢などであえた料理」となっています。間違いではありませんが、膾の重要な特徴にまったく触れていないのが残念に思われます。

膾に関することわざといえば、だれでもすぐに思い浮かべるのは「羹《あつもの》に懲りて膾を吹く」でしょう。羹は肉と野菜をまぜて煮た熱い吸い物です。いきなりこれを口に放りこんで火傷をしたあわて者が、その次に膾が出されたとき、すぐには食べないでフウフウ吹いて冷まそうとする愚かさを笑ったことわざです。羹が熱い食べものの代表とされているのに対して、冷たい食べものの代表としてことわざに登場しているのが膾なのです。

もう一つ膾に関する、よく知られた俚諺は「膾に叩く」です。人を大勢で滅多打ちにすることです。

膾は肉や魚を細かく切り刻む料理ですから、こんな言葉が生まれたのでしょう。膾の二大特徴は、「細かく切り刻むこと」と「冷たいこと」でしょう。その「冷たい」という特徴に『広辞苑』ばかりでなく、おおかたの辞書が触れていないのがおかしいと思うのです。

さて、膾と刺身です。今では両者はまったく別物のように思っている人が多いようですが、大昔の膾はちょっと見たところも、味も、刺身とあまり違いはありませんでした。

膾と刺身がはっきり区別されるようになったのは、室町以降のことです。

膾は「生酢」です。魚肉に限りません。鹿、猪など獣の肉でも「生」のものを細かく切り裂いて「酢」で味つけしたものを「なます」と呼んだのです。「膾」という字の偏が「にくづき」なのは、はじめは獣肉が多かったからでしょう。獣肉の「なます」は次第に減り、鱚《きす》、鰈《かれい》、鱵《さより》など魚肉がもっぱらになったので、後には「鱠」と魚偏で書くようにもなりました。刺身の前身といってもいいでしょう。

刺身の古歌はなかなか見あたりませんが、膾はたいへん古くから歌に詠まれています。

『万葉集』巻十六の「乞食者が詠ふ歌二首」に、

我が肉《しし》は　み膾はやし　我が肝も　み膾はやし　我がみげは　み塩のはやし

というくだりがあります。「乞食者」というのは家々をまわって門口で寿歌などを歌って施しを受ける芸人のことです。ここで歌っているのは鹿狩りの模様です。梓弓をかまえて鹿の現われるのを待っていると、一頭の雄鹿がやってきて、どうぞお射《う》ちください。死んであなたのお役に立ちましょう、といったという話です。

(私のこの体の肉はあなたが召し上がる膾の材料にでもしてください。キモもどうぞ。胃袋は塩辛の材料にいかがでしょうか)

と雄鹿が言ったというのです。

膾にしてもうまき小鰯

明治維新とともに新しい文物が世の中をにぎわしましたが、それらを題材にして詠んだ句を集めた『俳諧開化集』が明治十四(一八八一)年に発行されました。それに出ている句です。小鰯というのはカタクチイワシやヒシコイワシのことです。

大衆魚の代表である鰯は昔から下魚《げざかな》として軽んじられてきましたが、ほんとうはなかなかおいしい魚なのです。「鰯千遍、鯛の味」と鰯の真価を理解したことわざもあります。『俳諧開化集』のこの句には、

所から生魂祭《いくたままつり》にぎやかに

という句がつけられています。生魂祭は九月九日に行なわれる大阪の祭です。ちょうど小鰯の旬で、以前は大阪湾で獲れた新鮮なものが市民に供されました。

夏の部

初鰹

手拭の浴衣戻りの仇姿　昔を忍ぶ黄八丈　その色香さえ目に青葉　山ほととぎす初鰹形見に残すはけ三島

『髪結新三《かみゆいしんざ》』という歌舞伎の名作があります。河竹黙阿弥の作で本名題《ほんなだい》は『梅雨《つゆ》小袖《こそで》昔《むかし》八丈《はちじょう》』といい、五代目尾上菊五郎が主人公の新三を演じて大評判になりました。

市川三升がこの芝居を小唄にしたのがこれで、『手拭新三』と呼ばれています。

悪党の新三は材木問屋の娘をかどわかし、さんざん慰んだ上、猿轡《さるぐつわ》をはめて戸棚に放りこむ。翌朝、ご機嫌な新三は三分も奮発して初鰹を買い、刺身でいっぱいやるわけですが、そのあたりを詠んだのがこの小唄です。一分というのは江戸時代の貨幣単位で、一両の四分の一です。三分というと、今の貨幣価値で言えば二万円くらいのものでしょうか。

「目に青葉……」はいうまでもなく、あの有名な、

目には青葉山郭公《ほととぎす》初松魚《がつお》　素堂

という句をなぞったものです。

魚の生食は日本人の食習慣の著しい特徴です。世界に類がない、といっていいでしょう。アメリカ人は日本との交流が深いので、最近は「鮨ブーム」とかいって、生魚もけっこう食べるようになりましたが、これは珍しい例で、西洋人は一般的に魚の生食はしません。ロシア人なんか海苔を食べても海魚の臭いがするといって吐き出します。

魚の生食といえば刺身ですが、刺身といえば鰹、鰹といえば初鰹で、世界中で日本人（ことに東京の人間）ほど初鰹に熱狂する人々はいないでしょう。

鰹は毎年、春から夏へかけて、黒潮に乗って太平洋を北上します。九州から四国沖を通って初夏のころ、伊豆から房総沖に達する。ここで獲れた鰹を初鰹と称して江戸っ子は「女房を質においても」買ったものだ、といいます。「かつお」は「勝魚」だと目出度い当て字をして、むやみに有難がったものです。

松魚《かつお》の声であがる五月雨《さみだれ》

誹諧付句集の『武玉川』（一七五〇〜七六年刊）にこんな句が載っています。五月雨は今でいう梅雨。初鰹売りの声が町々にひびくようになると、梅雨がからりとあがって青空が広がる。初鰹にはそんなご利益《りやく》もあるのだ、と江戸っ子は初鰹を褒めちぎります。

ことに鎌倉から来るのを「相州の初鰹」といって珍重したとのことですが、ほんとうにそんなに特別の味だったのでしょうか。「房州の初鰹」と味がどれほど違ったのでしょうか。見栄っ張りの江戸っ子の粋がりが初鰹の評判と値段をむやみに上げてしまった、ということではないでしょうか。

こんな皮肉な川柳もあります。

明日来たらぶてと桜の皮をなめ

江戸っ子だから初鰹はどうしても食いたい。食わなきゃ男がすたる。だが、あまりにも高くて手が出ない。ウーンとうなっているところへ魚屋が「これなら安くしておきますよ」と鰹を持ってきた。

「本当にこんな値段でいいのかい」

「へえ、旦那には日ごろ、お世話になっていますから」

というようなやりとりで初鰹をやっと手に入れたのはいいが、安かろう、悪かろう、でその初鰹を食ったらたちまち食中毒。

「あの魚屋の野郎、明日、来たらぶんなぐっちまえ」といきまいている、という川柳なのです。

わかりにくいのは「桜の皮をなめ」ですが、これは昔の迷信の一つです。桜の樹皮をしゃぶると鰹を食べてなった下痢はたちまち治る、と江戸時代の人々は信じていたのです。昔は食に関していろんな迷信、俗信がありましたが、これもその一つです。

「初鰹」だけが飛びぬけて評判ですが、「初」をもてはやされるのは鰹だけではありません。歳時記をひもといてみますと、「初鰹」は夏の季語として載っていますが、ほかにも春の季語として「初鮒」がありります。鮒は冬期は深みに入っているのでほとんど捕れません。四月ごろ産卵のために浅瀬に近づいてくるのが、その年の初鮒と呼ばれ、釣人たちに喜ばれています。

初鮒や昨日の雨の山の色　視山

のような佳句もあります。

秋の季語には「初鮭」、冬の季語には「初鱈」「初鰤」などがあります。ちょっと違いますが、「初魚」というのもあります。その年、初めての漁で獲れた魚のことをいうのですね。日本人の「初」好みがこのようにやたらに「初」を連発させるのでしょう。

それにつけて私がかねて疑問に思っているのは、日本人がもっとも珍重する魚の鯛に「初鯛」がないことです。どうしてなのでしょうねえ。それからもっとも大衆的な魚の秋刀魚や鰯にも「初秋刀魚」「初鰯」があってもいいのではないでしょうか。

鮎と壬申の乱

もっとも日本的な魚といったら、鮎を挙げる人が多いことでしょう。鰹も日本人の大好きな魚ですが、全世界に分布していて、多くの国の人々が食べています。その点、鮎は中国と朝鮮半島と日本にしかいませんから、こちらの縄張りの魚です。古代の歴史にも、鮎をめぐるさまざまなエピソードが残っています。

一番有名なのは、『肥前国風土記』（和銅六〈七一三〉年に詔によりつくられた）に出てくる神功皇后の伝説でしょう。仲哀天皇の急死後、妃の神功皇后は神託を受けて、新羅《しんら》を討つべく朝鮮半島に出兵します。それに先立って、皇后は遠征の成否を占うために肥前国松浦で釣りをします。「魚がかかれば遠征は成功する。かからなければ遠征は失敗だから中止」という祈願だったのですが、神功皇后の垂らした釣り糸にさっと一尾の魚がかかりました。皇后は喜び勇んで出兵を決意し、目的どおり、新羅を討って服属させました。神功皇后は自分の祈願にいい占いを出した魚を愛でて、その魚に魚偏に占と書いてアユと名づけた、という話です。

似たような話は『日本書紀』にもあります。神武天皇が大和の丹生《にゅう》川に天の香具山の土を沈めて「これで魚が一斉に浮かんでくるようだったら、日本平定の希望は叶うだろう」と祈願したら、たくさんの鮎が一斉に浮かんできた、という話です。

見かけは優美な魚なのに、朝鮮出兵とか日本平定とか、勇ましいエピソードにばかりどうして鮎が登場するのでしょうか。

み吉野の　吉野の鮎　鮎こそは　島辺も吉《よ》き　え苦しえ　水葱《なぎ》のもと　芹のもと　吾は苦しえ

赤駒の　いゆきはばかる　まくずはら　何のってこと　直《ただ》ぎにし吉《え》けむ

この歌もちょっと物騒な歌なのです。大化の改新を成し遂げた天智天皇は四十七歳の若さで病死しますが、そのころ巷ではこの童謡《わざうた》（子どもの歌ではありません。古代には、政治批判や社会批評の流行歌をこう呼んだのです）が歌われていたそうです。

（吉野川の鮎はきよらかな流れの中に住めていいだろうが、この私は沼の中の水葱や芹の陰に身をひそめなければならないから苦しくて仕方ないよ）

というのが前の長歌の意味です。「私」というのは天智天皇のすぐ下の弟の大海人《おおあま》皇子《の》のことです。天智天皇の急死によって、にわかに緊迫した宮廷の勢力争いを鮎に託して詠んだ歌なのです。なぜこのような大きな争いごとに鮎が歌われるのでしょうか。古代の日本人にとって、鮎はそのような激しい魚だったのでしょうか。それを知るためにも、当時の皇位継承をめぐる皇族たちの動静を振り返ってみる必要があるでしょう。

大海人皇子は天智天皇が中大兄皇子《なかのおおえのおうじ》といっていたころから、その片腕となって懸命に尽くしてきた人です。大化の改新は藤原鎌足と大海人皇子の協力があってこそ成功したものといえるでしょう。それればかりではありません。大海人皇子の恋人で子どもまで生んだ仲の額田王《ぬかたのおおきみ》は大海人皇子と別れた後、天智天皇の妃になります。実の兄弟による三角関係ですね。

あかねさす　紫野ゆき　標野ゆき　野守はみずや　君が袖ふる

これは『万葉集』の中でももっともよく知られている歌の一つですが、天智・大海人・額田の三角関係の歌なのです。天智天皇が大海人以下群臣をしたがえて薬草狩りに出かけた時、大海人が額田王に向かって袖を振ってラブコールして見せるのを、額田王が「そんなおおっぴらなことをすると野の番人だって気がつくわよ。まして天智天皇に気がつかれたら困るじゃないの」とたしなめた歌なのです。

「きょうだいが絡んだ三角関係」というと、天智天皇はもう一つ別にそれを持っていました。天智天皇は額田王を妃にする前に、鏡王女《かがみのおおきみ》という女性を妃にしていたのですが、この鏡王女が額田王の実姉だったのです。額田王を手に入れたので鏡王女はいらなくなったのでしょうか、天智天皇は鏡王女を藤原鎌足に下賜します。

我れはもや　安見児得たり　皆人の　得かてにすとふ　安見児得たり

『万葉集』巻二にあるこの歌は、鎌足が鏡王女を下賜された時に大喜びで詠んだ歌ともいわれています。（私はすばらしい女性を手に入れた。皆さんが得がたいものとしている特別の女性を手に入れたのですぞ）と手放しで喜んでいる歌です。天皇と愛情関係があった女性を妻にしたのですから大喜びするのも当然かもしれません。

もう一つ、大海人皇子は天智天皇との間に濃いつながりがあります。大海人皇子は天智天皇の娘である鸕野《うのの》皇女を妃にして、長男の草壁皇子をもうけているのです。

このように、公私ともに深いつながりのある天智天皇と大海人皇子でしたので、天智の次の皇位には当然自分がつくものだと大海人皇子は考えていました。当時は現在の天皇家と違って、兄弟や妻が皇位を継承するのは普通のことで、珍しいことではなかったのです。

しかし、これは大海人皇子の完全な読み違いでした。天智天皇のほうは自分の息子の大友皇子にあとを継がせたいと考えていたのです。

天智天皇にしてみれば、大海人皇子から額田王を奪い取ったものの、額田王はどうやらまだ大海人皇子に惚れているらしい。その上、大海人皇子は大友皇子の皇位継承の邪魔にもなる。あんな弟に皇位を譲るなんてとんでもない、それどころか、あんな奴はこの世にいないほうがいいのだ、とまで思いつめる状況でした。

こんな天皇の気持ちを察した大海人皇子は、殺されては大変と、

「私には皇位を狙う気持ちは毛頭ありません。その証拠に出家して、都を去ります」

と天皇に告げ、頭を丸めて、吉野へ逃げ出します。

しかし、大海人皇子は本気で出家したわけではありません。大海人皇子に天皇になってほしいと願う皇族や豪族が大勢いることを知っていたからです。

前掲の「み吉野の」の長歌につづく「赤駒の」の歌も大海人支持を歌ったものです。「赤駒」は大海人皇子のことです。(赤駒よ、どうして早く都に駆け上ってこないのか。都には赤駒の決起を待ち望む声が多いのだ。その声を吉野に伝えたいと思うのだが、真葛原にさえぎられて、なかなか行けない。都からの伝言など待たずに、赤駒よ、今すぐ都においでなさい)と大海人皇子に声援を送っているのです。

こうした声援に応えて、大海人皇子は各地の支持勢力とともに、ついに決起します。これが「壬申《じんしん》の乱《らん》」です。一か月あまりの戦いの末、若い大友皇子は敗れ、自害します。大海人皇子は皇位につき、天武天皇になります。天智天皇の娘であり、大友皇子の姉である妃の鸕野皇女は正式に皇后になります。

今の皇室からは想像もつかないような、おどろおどろしい話で、私にはどうしてもあの可憐で優美な鮎の姿と結びつけることができません。なぜ「吉野の鮎」が引き合いに出されたのでしょうか。

鮎という字は、日本で勝手につくった字で、中国ではアユのことは香魚と書きます。中国にも鮎という漢字はありますが、これはナマズのことだそうです。ナマズなら壬申の乱の引き合いに出されても納得しますけれど……。

大昔の吉野の鮎の味は知る由もありませんが、現代でも吉野の鮎はかなり有名ではあるらしい。若くして他界しましたが、生前は私とも親しかった作家の神吉拓郎が「鮎の顔つき」というエッセイで、吉野の鮎のことを次のように書いています。

「下市には、歌舞伎の義経千本桜の鮨屋の段にも登場する昔ながらの弥助ずしがある。吉野川の鮎を姿ずしにしてつるべ形の桶に入れた押しずしである。吉野川の鮎は、花びら鮎といって、川面いちめんに散りかかる花びらを食べるので、ワタにも身にも花の香りがするのだと、土地の人はいうらしい」

花の香りのする鮎ってどんなでしょうか。なかなか雅やかな話ですね。

若鮎のすずしきいのち愛《を》しみつつ素焼にたのむ家苞《いえづと》のため　筏井嘉一

塩ふりて串に刺したる若鮎の焼くる間たのしま裸のまま　大熊長次郎

鮎は秋に川で産卵し、孵化した仔魚は海に出て沿岸のプランクトンを食べて育ちます。稚魚になると、また川に戻ってくるのですが、急速に成長を遂げるのが晩春から初夏にかけてです。この時期の鮎が若鮎と呼ばれて、いちばんおいしい。この二首も声に出して読んでいるだけで口に唾がたまってくるようです。

小鮎と若鮎

しらなはに小鮎引かれて下る瀬にもち設けたる小目の敷網　西行

『山家集』(西行の歌集。千五百あまりの歌が収められています)に出ている歌です。琵琶湖に発し、京都南部をつらぬいて大阪の淀川に流れ込む宇治川で、西行は川魚漁を見、その時に詠んだ六首のうちの一つです。

若鮎と小鮎の区別はあいまいで、私もはっきり認識していませんでしたが、両者ははっきり違うもののようです。鮎は川底の石に付着した藻類を唇で削ぎとって食べて育つのですが、琵琶湖の石にはどうしてだか、藻類が付着しない。それで琵琶湖の鮎はプランクトンだけを食べて育つものですから、栄養不足になって大きくならない。それで小鮎と呼ばれているのですが、他の川へ放流すると、みるみる大きく育つのだそうです。

琵琶湖の小鮎は、しかし、形こそ小さいけれども味は抜群で、琵琶湖の近くの家々では、昔は、今日は鮎を食べたいと思う時は、門口に旗を立てたものだそうです。獲れたての小鮎をつんだ自転車が走ってくるのですが、自転車の音を聞いてから表に出たのでは、もう間に合わない。旗を立てておけば、それを見つけた小鮎売りのほうが自転車を止めてくれたものだ、と滋賀県出身の映画監督の吉村公三郎が子どものころの思い出を『味の歳時記』というエッセイ集に書いています。小鮎の飴煮《あめだ》きは鮒鮨につぐ珍味だとのことです。

鮎の味あるかなきかを嚙みしめて疲れいささかあるをたのしむ　服部嘉香
なだれつつくだけし水は簀にひびき魚のしづかなる喚声を聴く　大野誠夫

鮎といえば長良川の鵜飼が有名ですが、あまりにも有名すぎて敬遠されるのでしょうか、長良川の鮎を詠んだ詩歌は意外に多くありません。上の二首も、前の歌は相模川で鮎狩りをした時のもので、後の歌は利根川の簗《やな》の簀にはねる鮎を詠んだものです。

私もある雑誌の取材で、本職の川漁師さんの鮎漁に同行したことがありますが、これも島根県の江《ごう》の川で、長良川ではありませんでした。

鮎の珍味といえば、鮎のワタを塩してつくるウルカが有名ですが、このウルカを歌った後水尾天皇の御製があります。

淀川の　瀬にすむ鮎の　腹にこそ　うるかといへる　わたはありけり

これも長良川ではありませんね。

水汲み

青柳の　萌《は》らろ川門《かわと》に　汝《な》を待つと　清水《せみど》は汲まず　立ち処平《どなら》すも

『万葉集』巻十四には「東歌《あずまうた》」の総題がつけられています。大和朝廷のある都から見て東にあたる静岡、長野など、それよりもっと東の国々は東国であり、その地方の人々が詠んだ歌が東歌なのです。この歌も、その東歌の一つです。

（柳が青い芽を吹くこの川の渡り場に、水を汲みに来たのだけれど、あんたがなかなか来ないものだから、水を汲むのはやめて、あっちへ行ったりこっちへ来たりして、あんたの来るのを待っているのよ）

というのが歌の意味でしょう。水汲みに来た女性が、いつもはちゃんと先に来て待っていてくれる恋人の姿が見えないことにいらいらして詠んだ歌です。清水《しみず》を訛って「セミド」といったりしているところにも、東国の人は田舎者というニュアンスが出ていますね。

水汲みは昔から女の仕事とされていました。水神は日本でも西洋でも女神ですし、おとぎ話でも「おじいさんは山へ芝刈りに、おばあさんは川へ洗濯に」というように、水は女性と深く結びついているのです。

水汲み場は若い元気な女たちの集まる場所でした。結婚すればしたで、女房たちは井戸端会議の常連になります。水場は女の集まるところなのです。女の集まるところへ男たちがやってくるのは自然の理《ことわり》です。古代の水汲み場は絶好の「妻問《つまど》い（求婚）」の場所になっていました。

水が、人が生きていくために絶対欠かせないものであることは、改めていうまでもありません。また、妻問いが子孫を残し、人類を存続させるために不可欠のことであるのも自明のことです。日本の国が万葉の昔から今日までつづいてきたのは、妻問いと水とが共存した、この水汲み場のおかげだといってもいいでしょう。


水を掬《むす》べば月も手に宿る、花を折れば香衣《かころも》に移る習《ならい》の候《そうろう》ものを、袖を引くに引かれぬは、あら憎《にく》やの

狂言「水汲」の中に出てくる歌です。先の「青柳の……」の歌は、女が男を恋い焦がれて待っている歌でしたが、実際には逆のケースのほうが多いでしょう。狂言「水汲」もそうです。村一番の美女「いちゃ」に村の寺の若い僧が惚れて水汲み場に押しかけ、しつこく口説くのですが、とことん振られ、あげくの果ては、桶の水を頭から浴びせられる、というストーリーです。

濯《すす》ぎ物を持って泉にやってきたいちゃの背後から忍び寄った僧は、いきなり両手でいちゃの目をふさぎます。

「のうのう、こりゃだれじゃだれじゃ」

とびっくりするいちゃに、僧が歌いかけたのがこの歌です。

（手で水をすくいとれば両手の中の小さな水たまりの中にも月がちゃんと映っている。花を折れば、その花の香が花を折った人の衣に移る。呼べば答える、魚心あれば水心、というのが世の習いなのに、あんたは、私がいくら袖を引いてもそれに応えてくれない。憎い人じゃのう）

と恨み節を訴えているのです。

この若い僧は不首尾な結果に終わりましたが、恋を実らせた男女も多いことでしょう。その結果、地球の人口は増える一方、水の需要も増える一方、ということになります。需要が増えると、不正な手段でそれを手に入れようとする不届き者が現われるのも自然の理。「水盗人」という言葉は俳句の季語になっています。それくらい水の需要は増えたのです。

水盗人けむりのごとく失せにけり　杉崎句入道

盗みたる水音高しいかにせむ　広野宣子

ただし、これらの句に詠まれている水は飲む水ではありません。水田の灌漑用水です。かつての日本は、人口比にすれば世界でもっとも広い面積の水田を持っていた国ですから、灌漑用水の需要も多く、渇水期になると、あちらこちらの農村で水争いが起こるのがきまりでした。

乾ききった自分の田に、よその田からこっそり水を引くのですが、その流れる水の音が威勢よくて、深夜の静寂の中に響きわたる。その音を田の持ち主が聞きつければ「あ、水盗人がいるな」とたちまち気づかれてしまう、あの水音、なんとかならないかと気をもむ、という水盗人のせつない心境を詠んだ句です。しかし、こんな句もあります。

月のせて盗みし水のすすみくる　山崎寥村

前句と同様、他人の田んぼから水を盗んだ人の句ですが、その水は音も立てず静かにわが田に流れこんでくる。その水の面には美しい月の姿が映っているではないか、なんと風流なことよ、と感慨にふけっているのです。図々しい話だといえばそうですけれど、一つの農村風景として、俳趣があるではありませんか。

井戸

人間の生活、というより「生命」になくてはならないのが水です。

水（氷や水蒸気を含む）は地球上に一四五京六〇〇〇兆トン存在しているとのことですが、その九七パーセントは海水で、残りの三パーセントもほとんどが南極や北極の氷であって、人間が飲める水は、地球上の水の総量のたった〇・三パーセントにすぎないのです。

それでも人口の少なかった時代は、川や池の水や湧き水など自然の水だけで事足りたのですが、人口の増加によってそれでは間に合わなくなりました。そこで考え出されたのが川を堰《せ》き止めたり、雨水を天水桶に溜めて利用したり、井戸を掘ったり、という手段です。

中でも、地下水を利用する井戸は、川や池の水や天水よりも上質なところから、利用が歓迎されました。しかし、井戸を掘るのもなかなかたいへんなことなので、家ごとに井戸を持つようになるのはずっと後年のことになります。

江戸時代は、村や長屋で共同で利用する井戸が大部分でした。

井戸の水はきわめて貴重なものでしたから、井戸神を祀って穢れのない場所とし、掃除や手入れも丁寧に行なわれました。七夕の日は村中で井戸の大掃除をするというところが多かったようです。

人をくみ出すと井戸がへ仕廻《しま》ィ也

『誹風柳多留』にある川柳です。

井戸の水をすっかりくみ出してから井戸の内部を念入りに掃除するのを「井戸替え」というのですが、掃除をし終えた人たちを井戸の中から引き上げるのを「くみ出す」としゃれていったものです。水をくみ出しただけでは井戸替えは終わったことにはならない。そのあと、人間が入って掃除をし、その人間を全員「くみ出し」て、そこでやっと終了になるのだよ、というわけです。

井戸の井という字は「水が集まる」という意味で、戸《と》は「処《ところ》」の略。井戸は「水が集まる場所」のことです。

井戸というと、今では掘り井戸のことしか思い浮かばない人がおおかたでしょうが、縦井戸の掘り井戸に対して、横井戸と呼ばれるものも少なくありません。洞窟の中の水源まで階段をつくり、桶などで水を運び出すのです。

人が掘った穴ではなく、自然にできた穴で、それを螺旋状に降りていくと底に水が溜まっている、そんな場所で「まいまい井戸」と呼ばれていたところもあります。「まいまい」は「舞い舞い」でしょうか。頭のつむじのことを「まいまい」という地方もあります。

昔は、川や池や水溜りのことも井戸と呼んでいました。

汲みおける盥《たらい》の水にはなちけり飲井戸の鮒光いみじき　古泉千樫

この歌にある「飲井戸」も池か水溜りのことでしょうか。そこの水がおいしくてきれいなので、付近の人々はもっぱら飲用水として使用し、自然に「飲井戸」と名づけられるようになった。ある日、その飲井戸に鮒が泳いでいたのを見つけ、掬って持ち帰り、わが家の盥に入れた。水の中できらきらかがやいて、いい鮒だぞ、という歌でしょう。

日本の水が世界でも有数のおいしい水であることは間違いありません。自然の水、といっても東南アジアでは、水葬の風習があって、人の死骸を川に放りこんだり、あるいは住民の多くが川をトイレ代わりに使って、排尿、排便をしたりするところがあります。こんなところの自然の水はうっかり飲めません。

水そのものの性質もあります。ヨーロッパの水は硬水で、舌触りも固く、おいしく感じられません。オアシスの水、というとおいしいものの代表みたいに思われていますが、それは極端な渇きの状態で飲むからであって、実際には塩分が強くてまずい水なのです。日本の水は科学的に分析してもおいしい水だ、と多くの学者が太鼓判を捺しています。

おいしい日本の水のなかでも、池や川や天水にくらべて断然おいしいのが、地下水です。その地下水をくみ上げているのが井戸水です。日本の井戸水は世界でも指折りのおいしい水なのです。

勝鹿《かつしか》の　真間《まま》の井見れば　立ち平《なら》し　水汲ましけむ　手児名《てこな》し思ほゆ

『万葉集』にある高橋虫麻呂の歌です。

「勝鹿」は葛飾の古名で関東地方南部、江戸川流域の一部地域のことです。真間というところがあり、美しい水が湧き出る井戸がある。この真間の井戸を見ると、ここへしょっちゅうやってきて水を汲んでいたという美少女「真間の手児名」のことをしのばずにはいられない、というのが歌意です。手児名は、自分をめぐる男たちの激しい争いに無常を感じ、投身自殺したという伝説の美女です。

東京の下町はもともと海を埋め立てて造成した土地なので、地下水もおいしい水は少なかったのですが、それでもＪＲ中央線に「御茶ノ水」という駅が今でもあることからもわかるように、茶を立てて飲むのにふさわしいような名水が自然に湧き出るところがありました。まして、万葉の時代の葛飾あたりの井戸ではどんなに美しい水が出たことでしょうか。

鮒鮨

世界的に人気のある日本の料理といえば、今は「すし」を挙げる人が多いでしょう。パリやニューヨークにも回転鮨があるくらいで、天ぷら、すき焼きを凌いで、国際的にも評価が定まっています。その回転鮨で出てくるのは握り鮨ばかりですから、日本通を自任する外国人たちも、鮨といえば「握り」だと思いこんでいるようです。

外国人ばかりではありません。日本人でも「鮨イコール握り」の人が大部分でしょう。とんでもない大錯覚です。

握り鮨が誕生したのはせいぜい百七、八十年前のことで、鮨の長い歴史から見れば新参者でしかありません。現在でも紀州名物の鯛の巻き鮨、北海道の鰊鮨、富山の鱒鮨、長良川名物の鮎の姿鮨、岡山のばら鮨、愛媛県松山名物の伊予鮨など〝握らない〟鮨がたくさんあります。

「すし」の語源は「酸し」で、鮨の第一の特徴は「酸っぱい」ことです。「握る」ことではありません。鮨に飯がくっついているのは魚の発酵を早めるためでした。だから魚が程よく発酵して酸味を持つようになったら、飯は一粒残らず払い落として魚だけを昔は食べていたのです。

鮨の発祥は中国で、二千年も前にさかのぼります。孫引きの邦訳ですが、古い中国の詩にこんなのがあるそうです。

辛い飯に真っ白な飯
これに野菜や木の実を混じえ
抑えたすしは岡のように連なり
積み上げること丘陵のごとし（楊泉「五湖賦」）

『たべもの事始』（大塚滋著）からの引用です。著者の大塚氏はこの詩について、次のように解説しています。

「もちろん、にぎりずしやのり巻きをならべた様子を想像してはならない。古代のすしは魚そのものであり、飯の方はたべなかった（発酵して形を失った飯はすしを構成する要素とはならなかったからだ）。」

このように、熱い飯の中に魚肉や獣肉を包みこんで発酵させる中国式の鮨のつくり方が、わが国に伝わったのは奈良時代のことです。このころの自然発酵の名残をいまだに残しているのが鮒鮨です。『延喜式』にも記載されており、もっとも古い保存食品の一つです。

「大正年間までは、京みやげのフナずしをもらって一応味がわかれば、味覚者の一人前として通用したものだ」

と『飲食事典』にもあります。「京みやげのフナずし」とは琵琶湖で獲れる「源五郎鮒」や「煮頃《にごろ》鮒」を使った鮒鮨のことでしょう。食通かどうかを判定する目安になる、というのですからよほど貴重な食品だった、といわなければなりません。

ただし、かなり強い臭味があるので、近年はそれほど珍重されてはいないようです。新幹線ができる前のことですが、大津駅で鮒鮨の駅弁を買った人が折りの蓋を開けるなり、その強烈な臭いにびっくりし、窓から放り投げてしまった、という話を聞いたことがあります。

私も鮒鮨にはあまりなじみがありませんが、今では鮒鮨の味がわかると自負する人はそんなに多くはないでしょう。鮒鮨といえば、蕪村の、

鮒ずしや彦根の城《じょう》に雲かかる

の句がたいへん有名です。たいていの歳時記に載っていますが、同じ時に詠んだと思われる次のような鮨の句があります。鮒鮨は蕪村の好物だったのでしょう。

鮓おしてしばし淋しきこころかな
鮓を圧す我レ酒醸す隣あり
鮓をおす石上に詩を題すべく
鮓の石に五更の鐘のひびきかな
寂寞《じゃくまく》と昼間を鮓のなれ加減

蕪村が舌鼓を打った鮒鮨は、もちろん握り鮨ではありません。鱗や内臓をとって一年前後も漬けておく馴れ鮨です。魚貝の肉を塩漬けにして貯蔵しておくと、自然発酵して酸味が生じます。これを「酸し」と呼び、「鮓（鮨）」の字をあてたのです。蕪村の句に出てくる「石」は、塩漬けにした鮒を詰めこんだ樽の上におく重石《おもし》のことです。

飯を加えるようになったのは、熱い飯には発酵を促進させる効果があるからで、飯を食べることはまったく考えられていなかったのです。

奈良時代には「多比鮨（鯛鮨）」「鰒鮨《ふぐずし》」「貽貝鮨《いがいずし》」などが都に貢納されたという記録がありますが、これらの「鮨」には米粒は一粒もついていません。払い落としてから貢納するのです。

古代において、米の飯がどんなに貴重なものであったかはいうまでもありません。その米の飯を捨ててかえりみなかったのですから、古代の「鮨」はきわめて稀少、高価なものだったに違いありません。

鮨と飯

いつごろから魚といっしょに飯を食うようになったのかわかりませんが、今では飯と鮨とはきわめて密接な間柄です。握り鮨はいうまでもありませんが、握らない鮨でも、巻き鮨、押し鮨、ばら鮨、稲荷鮨など、みな飯と一体です。飯がなくて鮨といえるか、などという人さえいます。

しかし、今でも飯をともなわない鮨も「鮒鮨」「鮎鮨」「蕪鮨」などわずかながらあります。それから「き鮨」もそうです。

私は大阪育ちですが、子どものころ、正月や祭りの日などに母親が「今日はご馳走やで」とはりきってつくってくれた「き鮨」の味が忘れられません。「き鮨」というのは東京で言う「しめ鯖」のことです。「き鮨」の「き」は「生一本」の「き」で、「純粋、まじりけなし、ホンモノ」の意味です。米の飯なんて一粒もくっついていないのが、純粋、ホンモノの鮨だ、ということなのでしょう。

名前は同じでもその実態はまったく違ってしまった食品がいくつかあります。蒲鉾や鰻の蒲焼きもそうですが、鮨はその代表格ではないでしょうか。

全国の郷土食や伝統食を食べ歩いて、そのルポを週刊誌に連載したことがあります。三年間、日本全国を歩きまわりました。私にとっては、毎回が新発見の連続で、目から鱗が落ちる思いを何度もしましたが、中でも印象が強かったのが鮒鮨です。

三年間の全国行脚で、私は、自分の間違った思いこみをいくつも教えられました。

たとえば、川魚です。私たちは「魚」といわれて反射的に思い浮かべるのは海魚です。魚は海のもの、という考えがしみついてしまっているからでしょう。海の広さと川や湖の面積とをくらべてみれば、川魚は海魚のせいぜい一割か二割くらいだろう、と私も思いこんでいました。

これが大間違いで、調べてみると、地球上の魚の四一パーセントは淡水魚なのですね。約八三〇〇種もいます。世界的にみればそうかもしれないが、日本は海に囲まれた海国だから海魚の利用が多いのでは、と反論する人も少なくないかもしれませんが、この〝海国日本〟という考え方もおかしいのではないか、と思います。

北海道を別にすれば、海の字がつく都府県名は一つもありません。山の字がつく県は岡山、富山、山形、山口、和歌山、山梨と六つもあるし、川がつく県も三つあるというのに。

日本は〝海国日本〟ではなくて〝山国日本〟というべきではないのか。山と川の日本、といったほうが正しいのではないでしょうか。

古来、日本人は海魚よりも川魚に、より親しんできたのです。川魚の代表はやっぱり鮎でしょうが、いや、鮒だ、という人も少なくありません。釣り人が「鮒にはじまり、鮒に終わる」というように、鮒は多くの人に親しまれています。


一匹がさきだちぬれば一列につづきて遊ぶ鮒の子の群　若山牧水

春の水みなぎり落つる多摩川に鮒は春ごを産まむとするか　馬場あき子

鮒を愛する人たちの歌です。

鮒を素材にした郷土料理が多いのも、鮒の人気のあらわれといえるでしょう。変わった料理がいろいろあります。石川県では辛子酢味噌をつけて刺身で食べるのですが、これを「鮒のソロバン」と呼んでいます。鮒を薄く筒切りにすると、中身がソロバンの玉のようにみえるからだそうです。

『伝えてゆきたい　家庭の郷土料理』（全国友の会編）にも、「海なし県の岐阜では昔から川魚料理が大切な蛋白源でした。このふな味噌は冬の保存食としてよくつくります。少し臭みのある寒ぶなですがおいしい自慢の味噌で上手に煮上げたものです」と岐阜の鮒味噌ほか、各地の鮒の名物料理を紹介しています。

その中の一つ、佐賀県鹿島地方の「ふなんこぐい」を食べてきました。

前記の『伝えてゆきたい　家庭の郷土料理』には、

「佐賀平野の南端、鹿島地方では、一月二十日の『えびす祭り』のご馳走にこの鮒の昆布巻きをいただきます。有明海に冬が来て魚が少なくなると、水田の中の水路に育った鮒が、この地方の大切な蛋白源になるのです」

とあります。その「えびす祭り」の前日に鹿島市で催される名物行事の「鮒市」を見に行き、一晩泊まって「ふなんこぐい」を堪能してきたのです。

「ふなんこぐい」は雀焼き、葛揚げなど数ある鮒料理の中でも特別、異色のものといわれています。

鮒を生きたまま、まるごと昆布でぐるぐる巻きにし、大根、蒟蒻《こんにゃく》、蓮根《れんこん》などの野菜といっしょに一昼夜、とろ火でゆっくり煮て食べるのです。

佐賀県鹿島地方では元日から七日までの「大正月」、十五日を中心にいろいろな行事のある「小正月」とは別に「二十日正月」というのをします。一年の商売繁盛を祈願する日です。商家や酒造元、網元などで奉公人や蔵男たちを主座に坐らせ、日ごろの苦労をねぎらうとともに、今年もよろしく頼むよ、と主人側が頭を下げて鮒鮨を供するのが昔からのしきたりなのだそうです。

大声で鮒を売っている老人に声をかけてみました。本業は稲作農家で、鮒市のために数日かけて鮒を獲ってくるのだ、という話でしたが、驚いたのはその方法です。釣り竿や網などはいっさい使わない。張り詰めた氷を割り、腕を氷面下に突っこむ。冬眠していた鮒がびっくりして浮かび上がってくるのを素手でつかみとるのだ、とのことでした。

「根性たい。人間、根性じゃけん」と私に向かって腕を突き出してみせるその老人の気迫に、私は思わずあとしざりしたほどでした。

おから鮨

おから寿司水といっしょにのみおろし売られゆく娘《こ》にマフラを投げる　山崎方代《ほうだい》

「おから寿司」をご存じでしょうか。

銀座に「こつるぎ」という小さな鮨屋があります。この店の主人の大柴晏清《やすきよ》さんはちょっと文学趣味のある人で、『文学とすし―名作を彩った鮨ばなし―』という著書もあります。この山崎方代の歌も大柴さんのこの本でみつけたものです。この本にはほかにも、

君と食《は》む三百円のあなごずしそのおいしさを恋とこそ知れ　俵万智

など鮨を歌った詩歌がいくつか載っていますが、私が山崎方代の歌に注目したのは「おから寿司」がいきなり目に飛びこんできたからです。

「おから」は豆腐をつくるときに豆乳を絞った残りかすの部分です。ビタミン、蛋白質など少しは

含まれていますが、不消化性の繊維が多く、味もありません。牛の飼料にしたりしますが、人間の食用にはまああまり向いていない素材です。

著者は「おから寿司」について次のように解説しています。

「おから寿司とは、ご飯のかわりに豆腐から出るおからですしを握ったのです。すし屋では以前、修業に励む見習い弟子が練習におからを使って、にぎりをつくったものです。扇型、舟型をイメージに、親方や先輩から特訓を受けたりしました。近頃では、布巾を小さくたたんで練習する方法もあるようです。姿の美しいすしを握るためには、やはり五年の歳月がかかります」

大柴さんは多分、自分の修業時代を思い出しながらこの文章を書いたのでしょう。

しかし、この歌に詠まれているおから鮨は違います。「水といっしょにのみおろし」と歌われています。ちゃんと食べられているのです。鮨屋の新人の稽古用ではなく、立派に商品として売られている鮨なのです。

おからの鮨なんて、そんなバカな、と呆れる方が多いことでしょうが、ほんとうにおからの握り鮨が売られていた時期があったのです。私も何度か食べました。

私が中国から復員して東京に戻ったのは、昭和二十三（一九四八）年のことです。独身で新聞社に就職しましたから、いつも夜の街をふらふらしていました。

ある夜、新宿の闇マーケットの一隅で屋台の鮨屋に人だかりがしているのを見て、首をつっこみました。当時、鮨なんてめったにお目にかかれるものではなかったのです。

第二次大戦中に行なわれた食糧統制は終戦後も続き、米の自由な市販は禁じられておりました。外食券がなければ茶碗一杯の飯も売ってもらえないのです。しかし、統制の網をくぐってヤミの米や肉、魚なども出回っており、うまくそれらにぶつかると、白い飯にもありつけたのです。

人だかりしている鮨屋は、そうしたヤミの鮨屋だろうと思って私は首をつっこんだのですが、違いました。

その屋台の鮨屋で握っていたのは、米ではなく、おからの鮨だったのです。これなら警察に捕まらず、堂々と営業できるわけです。鮨ダネのほうも、そのころはきわめて廉価だった鯨のベーコンなどでした。ほかには、秋刀魚とか鰯などがあったように記憶しています。おからのかたまりはかさかさしていて呑みこむのに一苦労。お茶を何杯もお代わりしたのを覚えています。

山崎方代は昭和六十（一九八五）年に七十一歳で亡くなった歌人。尋常小学校しか出ておらず、戦争で右眼失明、左眼も視力〇・〇一になるなど不幸な人生を送りましたが、ユニークな歌風は会津八一や吉野秀雄に認められ、熱心な支持者がいます。

山崎方代が歌ったおから鮨も、終戦後間もなくの経験でしょう。そのころは、春をひさぐ女たちが昼も夜もあちらこちらの街頭にうろうろしていました。

ひどい戦傷を受けて復員してきた山崎方代は職もなく、放浪生活をつづけていたのですが、そんな山崎がマフラーを与えずにはいられなかったほど、あわれっぽい娘だったのでしょう。

このような「哀しい鮨」もあったのです。

いや、鮨が哀しいのではなくて、そんな鮨をガツガツ食べなければならなかった人間のほうが哀しいというべきでしょう。

先に、おからは人間の食用には向かない、と書きましたが、言いすぎでした。立派なおからの鮨があることを失念していました。卯の花鮨です。卯の花はおからのことです。

「一種の風味があるので、好事家また一部の階級には食用されたけれど、大部分は家畜の飼料に供せられたのを、栄養食品として再認識重用されるようになったのは近頃のことである」

と『飲食事典』にはあります。

好事家が食用としたおからの料理には「卯の花炒り」「卯の花膾」「卯の花飯」などいくつかありますが、その一つに「卯の花鮨」があります。これも『飲食事典』によると、

「卯の花を煮出汁・味醂・塩で調味し、卵白をくわえて絶えずかきまぜながらいりつけ、少量の酢をあわせてよくさまし、別にイワシ、小アジ・コハダなどを普通のスシダネのようにつくり、塩をふりかけて酢につけ、肉が白くはぜるのを程度に引上げて酢をきり、卯の花を普通の握鮓のようににぎり、上に酢魚をつけ、きざみショウガなどそえる」

のだそうです。なるほど、これならご馳走です。哀しい鮨ではありません。「卯の花鮨」という名前も美しいいし、けっこうな食べものではありませんか。

どんなものでも、手入れ次第で中身も変わるし、化粧で見かけも変わる。おからに負けずにがんばりましょう、という教訓にもなるのではないでしょうか。

鰻への疑問

石麻呂《いしまろ》に　我れ物申《ものまを》す　夏痩《なつや》せに　よしといふものぞ　鰻捕《むなぎと》り喫《め》せ

鰻の歌といえば、だれでもがすぐに思い浮かべるのが『万葉集』の巻十六に出てくる大伴家持《おおとものやかもち》のこの歌でしょう。素直に読めば、

（石麻呂君よ、君にアドバイスしよう。鰻は栄養があって、夏痩せにはよく効くそうだよ。君はかなり痩せているようだからぜひ鰻をとって食うといいよ）

と親切な忠告のようにみえますが、実はそうではないのです。この歌の前書きに「痩人《やせびと》を嗤咲《わら》ふ歌二首」とあり、つづいてもう一首、次の歌が載っています。

痩《や》す痩《や》すも　生けらばあらむを　はたやはた　鰻《むなぎ》を捕《と》ると　川に流るな

（いや、待て待て。いくら痩せていようと生きているに越したことはない。そんなひょろひょろの体で鰻を捕ろうと川に入ったりしたら、水の勢いに流されて溺れ死んでしまうかもしれない。やっぱり、鰻を捕るのはやめたほうがいいよ）

夏痩せにいいから鰻を食え、といった口の尻から「水に押し流されるから川には入るな」と言う。いったいどっちなんだ、と言われたほうとしては腹立たしい思いをしたに違いありません。人の悪い大伴家持は、痩せっぽちの石麻呂をからかっているのです。

大伴家持は奈良時代の代表的歌人で、『万葉集』編纂の中心的人物です。大伴家は名門で、家持の父親の大伴旅人《おおとものたびと》は大納言の位にまで昇りました。そんな家持が身分の低い石麻呂をからかうなんて、あまりいい趣味ではありませんが、石麻呂の痩せっぷりがよほど目についたのでしょうね。

現代においては、肥満はあまり評判がよくありません。醜く、かつ自分の健康管理もできない愚かな体型だと批判されています。しかし、歴史を振り返ってみると、人間は長い間、肥満を美徳とし、あこがれてきたことがわかります。肥満が不人気になったのは数百万年の人類の歴史の中で、ほんのここ数十年のことです。

肥満するためには、食物を十分に摂らなくてはならない。あらゆる生物の生存の第一義は食物を十分に摂ることです。肥《ふと》っていることは、その第一義を果たしていることだから自慢していいことなのでした。

人間は「万物の霊長」だなどといって威張ってきましたが、それでも食物を十分に確保することがなかなかできませんでした。今でも世界的にみれば、人類は食料を満足に自給しているとはいえないでしょう。

まして、万葉時代です。飽食して肥っている人は数えるくらいしかいなかったはずです。鎌倉初期

(十三世紀前半)につくられた「三十六歌仙絵巻」を見ても、柿本人麿なんかずいぶん痩せています。それにくらべると、家持はでっぷり肥って、ちょび髭なんか生やして、なかなか恰幅がいい。ご当人も肥っていることが自慢だったに違いありません。痩せた人間を見るとついからかいたくなったのでしょう。

やはり『万葉集』に、

寺々《てらでら》の　女餓鬼《めがき》申《まを》さく　大神《おほみわ》の　男餓鬼《おがき》賜《たば》りて　その子産《う》まはむ

という歌があります。歌意は、(あちらこちらの寺の痩せ細った女どもが「あの大神の男餓鬼を私にください。あの方の子どもを産みたいのよ」と言っているそうだ。大神男餓鬼がもてるのは痩せた女にばかりだな)というものです。

「池田朝臣《あそみ》、大神朝臣奥守《おおみわのあそみおきもり》を嗤《わら》ふ歌」

と前書きがあるように、これも痩せた男を嘲笑する歌なのです。

『万葉集』にはほかにも、このように痩身をからかった歌が何首もあります。あの時代は痩せた人はほんとうに人気がなかったようです。

話を家持の鰻の歌に戻します。たしかに、鰻の歌としてはたいへん有名な歌ですが、よく読んでみると、鰻の美味を賞賛している歌ではありませんね。肥るのにいいよ、と栄養の点を評価しているだけです。今日では鰻はうまいものの代表として、だれもその美味を疑いませんが、万葉時代もそうだったのでしょうか。どうも違うようです。

美食家として有名だった映画評論家の荻昌弘は著書『歴史はグルメ』の中で、

「私にわからないのは、この万葉当時、日本人はウナギをどうやって食っていたか、である。特に、何の味で調理していたのか、素焼に、何かの味を添えて食ったのか、何らかの調味料にひたして煮焼きしたのか。そこが見当もつかない」

と疑問を述べています。私もまったく同感です。この疑問の根底には、鰻は素材としては美味なものではない、なんらかの味つけをしなければ食えないものだ、という気持ちがあるのでしょう。鰻に似てにょろにょろと長い魚でも鱧《はも》なら、塩を振っただけでもおいしく食べられる。鰻はそうはいかない。かなり手のこんだ料理をしないとうまくは食べられません。

厳密にいうと、天下に美味なのは鰻ではなくて「鰻の蒲焼き」なのです。素材としての鰻そのものは鮎はもちろん、鯉にも鮒にも及ばない魚ではないか、と荻昌弘は言いたかったのではないでしょうか。

蒲焼きの正体

「串三年、蒸し八年、焼き一生」「裂き三年、串六年、焼き一生」などといいます。鰻職人の修業の難しさをいったものです。そのほか、脂肪の抜き方やタレのつくり方にも苦心がいるそうで、一人前の鰻職人になるのはなかなかたいへんらしいです。

鰻職人には「一般の板前とおれたちとは鍛えられかたが違うのだ」という強い自負心をもっている人が少なくありません。しかし、よく考えてみれば、それだけ熟練した調理でなくてはおいしく食べられない、ということは素材そのものはそれほどおいしくない、ということであって、鰻職人にとっては自慢になるかもしれませんが、鰻自身にとってはあまり名誉なことではないでしょう。

鰻料理はイタリアやスペインの一部などでは名物になっているところもありますが、外国ではあまり珍重はされていません。アリストテレスも鰻は川の泥の中から生まれる、と蔑んだ言い方をしています。脂も多すぎるし、皮も固いし、栄養はあるでしょうが、そんなにおいしい魚ではない、というのが本当ではないでしょうか。

日本人がこんなに鰻を賞味するようになったのも江戸時代以降のことです。それ以前は栄養食として、また精力剤として摂取していただけで、美食としての喜びはそんなにはなかったのだろうと思います。端的にいうと、蒲焼きという調理法が普及してから、鰻は天下の美味として評価されるようになったのです。

鰻を詠んだ詩歌も、前出の『万葉集』の二首以外には、古歌にはほとんど見あたりません。江戸以降になって、つまり、鰻の蒲焼きが誕生してから、鰻はやっと川柳、狂歌、俳句などにしばしば登場することになるのです。

あなうなぎいづくの山のいもとせをさかれてのちに身をこがすとは

四方連《よもれん》の頭目として天明狂歌の中心人物であった四方赤良《よものあから》の作。「山芋が鰻になる」ということわざをもじったものです。

「いも」は山芋の芋と女性の妹とを、「せ」は背の君（夫もしくは恋しい男性）の背と鰻を料理するときの背開きの背とをかけたもの。また「身をこがす」は男女が恋焦がれることと鰻が焼かれることとをかけています。

（どこの山芋が成り変わった鰻か知らないけれど、背を割かれて焼かれながら相手のことを思い焦がれてやまない、というのはあわれなことよのう）

といった歌意でしょう。「せをさかれてのちに身をこがす」というのですから、これは「蒲焼き」に違いありません。江戸時代にはもう鰻はもっぱら蒲焼きで食べられていたのでしょう。

四方赤良は大田蜀山人の狂歌名。蜀山人は「土用の丑の日には鰻を食うといい」と言いふらして、今日も伝わっている「土用鰻」の習慣を世間に広めた人です。こんな歌をつくるところをみてもそうような鰻びいきだったのでしょうね。

厳密にいうと、鰻の蒲焼きが誕生したのは、室町時代です。当時の料理専門書として有名な『大草家料理書』に「宇治丸かばやきの事」として蒲焼きのつくり方が書かれています。京都の宇治川で鰻がよく獲れたことから、鰻のことを当時は「宇治丸」と呼んでいたのです。

今の鰻の蒲焼きを見て、なぜ、こんな形のものを蒲焼きというのだろうと、不審に思われた人も多いかと思いますが、『大草家料理書』に書かれている蒲焼きは、鰻を丸ごと、尻尾から頭まで、串で刺しつらぬき、それを焼くのです。串を通した鰻は蒲の穂に似ていますから、これなら「蒲焼き」と名づけたのもうなずけます。

しかし、この蒲焼きはあまりうまくはなかったようです。その後、いろいろ工夫が重ねられて、今のようなおいしい焼き方になったのですが、名称だけは昔のままに蒲焼きと称しているものですから、名前と形が合わない、妙なことになったのです。

ついでにいうと、「ウナギ」という名前ももとは「ムナギ」だったのですね。大伴家持の鰻の歌は、原文では「牟奈伎」と記されています。「ムナギ」は「胸黄」で、鰻の胸が黄色いからだ、とも「棟木」に似ているからだとも言われています。梅も昔は「ムメ」といっていた。それが「ウメ」となったようにムナギがウナギになったのです。

近代の鰻歌としては次の二つを挙げておきましょう。

ゆふぐれし机のまへにひとり居て鰻を食ふは楽しかりけり　　斎藤茂吉

独り居の折りのうなぎを焙りけり　　永井東門居

東門居は、長らく「文藝春秋」の編集長を務め、のち作家になった永井龍男の俳号です。偶然ながら両者とも「一人で」鰻を食べている光景を詠んでいるところに興味をそそられます。

食事は一人でするのはわびしいものです。

「鯛も一人はうまからず」ということわざがあるくらいです。「魚類の王者」といわれるような鯛料理のようなご馳走でさえ、ひとりぼっちでもそもそと食べたのではうまくない、食事は人といっしょに楽しく摂るのがなによりだ、と教えたことわざです。

しかし、鰻に限っていえば、このことわざは必ずしもあたらない。一人で食べても鰻ならけっこうおいしく食べられるのだぞ、とこの二つの歌句は教えているようです。

蓴菜

日本人は野菜好きの国民ですが、野菜といってもいろいろ種類があります。日本人が好む野菜はどんな種類のものなのでしょうか。『古典文学と野菜』（廣瀬忠彦著）には、「日本古来の野菜の特徴の一つに、水生植物の多いことが挙げられる」として、『万葉集』に水生植物を詠んだ歌がいくつもあることが指摘されています。巻七には、

君がため浮沼《うきぬ》の池の菱摘むと我が染めし袖濡れにけるかも

（あなたにあげようと思って浮沼の池の菱の実を摘みに行ったら、私が手染めしたこの着物の袖が濡れてしまったわ）

というのが載っています。菱の実は茹でて、皮を剝いてそのまま食べたり、粉にして餅に搗いたりしますが、そんなにうまいものではありません。二日酔いによく効く、ともいわれますから、この歌の作者はいつも酔っぱらっている酒好きの恋人のために、菱の実を採りに行ったのかもしれませんね。

もう一つ、こんな歌もあります。

我が心ゆたにたゆたに浮蓴辺《うきぬなはへ》にも沖にも寄りかつましじ
(私の心は、ゆったりと静まったかと思うとすぐにまた揺れ動く池の中の蓴菜のようです。岸にちゃんとたどり着くこともできないし、といって勢いよく沖に出てゆくこともできない。中途半端でどうしようもない情ない状態なのだ)

浮蓴は蓴菜《じゅんさい》のことです。「ぬなは」は「沼縄」でしょう。池や沼に自生する多年草で、池の底の泥の中に地下茎があり、そこから細長い茎を出す。茎や若い巻き葉は水の中ですが、成長した楕円状の葉は池の面に浮かんで美しい眺めとなります。

そのせいでしょうか。『古事記』にも応神天皇が蓴菜を歌った長歌があります。『古今和歌集』にも『千載和歌集』にも蓴菜を詠んだ歌が出ています。なかなか文学的な水草なのです。

ただし、歌に歌われた蓴菜は揺れ動いてどうにもならぬ恋心を表現するのに、比喩的に使われているだけで、その美味を讃えられているわけではありません。その点はちょっと残念です。

葦《あし》、葭《よし》、真菰《まこも》、蓮、河骨《こうほね》、菱、蓴菜、浮草といった湖沼、河川、水田などの水中または水辺に生育する植物を水生植物といいます。世界的に見ると、全植物の二パーセントしかない少数派の植物ですが、日本だけでいうと、四パーセントで、世界平均の二倍存在するわけです。

食用になるものはあまりありません。蓮根と蓴菜ぐらいのものでしょう。その蓮根や蓴菜にしても食用にしているのは中国と日本だけですから特異な食用植物といえるでしょう。

蓴菜がきわめて特殊な食べものだということを私がはっきり認識したのは、六十歳を過ぎてからのことです。私は大阪で小学生時代を過ごしたのですが、当時のわが家では、蓴菜はわりあい日常的な食物でした。味噌汁の実としても使われたし、酢の物として食卓にのぼることもありました。ナメコ、オクラ、とろろ芋、昆布などぬるぬるした食感のものが好きな私にとっては、蓴菜も好物の一つでした。これが世界的にも珍奇な食物だなんてことは、夢にも思わず食べていたのです。

「これは京都の深泥池《みぞろがいけ》の蓴菜やで。なんちゅうても蓴菜は京都やさかいなあ」

と母親はよく言っていました。

成人して新聞社に勤め、東京暮らしになった私ですが、東京での独身生活では、蓴菜を口にする機会はまったくありませんでした。しかし、母親の言葉から蓴菜は関西地方の食べものだと思いこんでいた私は、そのことを不満にも不思議にも思いませんでした。

結婚して何年か経ったある日、蓴菜がわが家の食卓に登場しました。生姜《しょうが》をしぼった加減酢《かげんず》の中にちょっぴりの蓴菜が鎮座ましましているではありませんか。

「いやあ、これはなつかしい」

と喜びの声をあげたら、妻もニコニコしながら、自分も蓴菜は大好きなのだけれど、私が蓴菜のジュの字も口にしなかったからあまり好きではないのかと思ってこれまで出さなかったのだという。

「蓴菜は関西のものだろう。東京では採れないものだと思っていわなかったのだよ」

と私が言うと、今度は妻のほうが驚きました。

「なに言ってるんですか。蓴菜は秋田の名産ではありませんか」

妻が子どものころは、母親が珍味屋で買ってきたのをよく食べたものだ。ラムネ壜くらいの大きさの薄緑色のガラス容器に入っていたのと、缶詰のと二種類あった。壜に入っていたほうがおいしかったように思う。あなたがあまり好きそうではない、と思ったことと、かなり高価なものだからこれまで出さなかったのだ。そんなことを妻は話してくれました。

昭和三十年代半ばのことです。

農学博士で、農水省八郎潟基幹施設調査検討委員会委員長を務めた土崎哲男の著書『秋田のジュンサイ』にも、

「秋田県内の古い自然池沼や灌漑溜池では、およそ明治の初期前後よりジュンサイを摘み食用に供してきたとの話が多い。また史実によると自然池沼や堤からのジュンサイ採取は、一〇〇年以上の歴史がある。雄勝郡皆瀬村にある苔沼のように明治のそうとう以前より採取していたとの言伝えもある。さらに雄和町には三〇〇年以前に築造された堤が多数あり、その中にジュンサイ自生沼も存在し、いまなお採取されている」

と記されています。蓴菜が関西の特産というのは私のまったくの思い違いだったのです。

暑くなる蓴《ぬなわ》の池を去りにけり　　山口青邨

こんな句もあります。作者は岩手県の人です。長らく東大教授を務めた人で関西住まいの経験はありませんから、蓴菜が関西特産だなどと聞いたら目を丸くするに違いありません。

瓜や茄子の花盛り

子どもが親のことを思い出す食べものが「おふくろの味」なら、その反対に、親がそれを食べると子どものことを思い浮かべずにはいられない味は、なんと呼べばいいのでしょうか。

瓜食《うりは》めば　子ども思ほゆ　栗食めば　まして偲《しぬ》はゆ　いづくより　来《きた》りしものぞ　まなかひに　もとなかかりて　安寐《やすい》し寝《な》さぬ

『万葉集』巻五にある山上《やまのうえのおくら》憶良の歌です。「子等を思ふ歌一首　併せて序」という表題で、「お釈迦様でも子どもほど可愛いものはない、とおっしゃっている、まして凡人のわれわれがわが子が可愛くって仕方ないのは当然だろう」と前書きがついています。

(瓜を食べると、子どものことを思う。栗を食べると、さらに思う。こんな可愛い子どもたちがいったいどんな因縁で私のところに来たのだろうか。そんなあれこれを考えだすと夜も眠れないくらいだ) という意味でしょう。この長歌に対する反歌が有名な、

銀《しろがね》も金《くがね》も玉《たま》も何せむにまされる宝子にしかめやも

です。瓜はインドが原産で、日本には弥生時代前期に渡来したとみられています。白瓜《しろうり》、西瓜《すいか》、南瓜《かぼちゃ》、冬瓜《とうがん》、夕顔、糸瓜《へちま》など、瓜の種類は多いが、『万葉集』に出てくるのはみな真桑瓜《まくわうり》のことです。真桑瓜は甜瓜《てんか》、甘瓜《あまうり》などと呼ばれるように果実が甘美で、しかも清涼感があり、多くの人に喜ばれました。一茶の『おらが春』に、

頬べたにあてなどしたる真瓜《まくわ》かな

という句が載っています。「さと女笑顔して夢に見えけるままを」と前書きがあります。一茶の長女さとは生後一年余りで亡くなりました。一茶は毎夜さとのことを夢に見るほど悲しみましたが、夜ばかりではなく、昼間も、真桑瓜を見てはさとを思い出し、瓜に頬擦りするというありさまだったのでしょう。瓜を見てわが子を偲ぶのは憶良ばかりではなかったのです。

瓜といえば茄子です。どういうわけか、昔から瓜と茄子はまるで双子のように並べて、詩歌やことわざに登場します。

高い山から谷底見れば　瓜や茄子の花ざかり

という俗謡があります。歌舞伎の『忠臣蔵』六段目、殺された与市兵衛をかつぎこむ猟師たちが「夜山しもうて戻りがけ。高い山から谷底見れば、瓜や茄子の花ざかりではのうて、ここの家の親仁どのが殺されていた故に……」というくだりも有名です。蕪村の句にも、

水桶《みずおけ》にうなづきあふや瓜茄子《うりなすび》

というのがあります。「青飯法師にはじめて逢けるに、旧識のごとくかたり合て」と前書きがあります。はじめて会った相手なのに話が合って、なんどもうなずきあう様子が水桶にいっしょに放りこまれた瓜と茄子がぶつかりあっているようだ、と笑っている句です。ことわざにも、「瓜の蔓に茄子はならぬ」というのがあります。どうして瓜と茄子とはこんなにワンセットにされるのでしょうね。ただし、ワンセットにはされますが、両者は同格ではありません。

「瓜の蔓に茄子はならぬ」というのは、凡庸な親から天下の秀才が生まれるわけはない、という意味で、瓜は凡庸の代名詞、茄子は秀才の代名詞なのです。双子のようではあっても、茄子のほうが兄貴で、しかも愚弟賢兄という扱いです。瓜にとっては不本意なことでしょう。

秋の部

南瓜の浮き沈み

南瓜はそれほど珍重されている野菜ではありません。

「南瓜と薩摩芋は表の敷居を越されぬ」という俚諺があります。正面玄関から堂々と持ちこむようなものではない、人目につかぬよう裏口から運び入れるものだ、というのでしょう。「南瓜に目鼻」というのは「丸顔で肥えた醜い顔かたちをいう」とことわざ辞典にあります。「トウナス野郎」だとか「カボチャ頭」といった罵言もあります。

それでも、私の世代の日本人ほど南瓜に対して強い偏見を持っている者は世界中にいないのではないでしょうか。それも戦争のせいです。私個人の経験を言いますと、以前、

もてなさる南瓜粉《かぼちゃこ》を噴《ふ》き黄の大輪　大野林火

という俳句を見たとき、反射的に「え？」と首をかしげたことがありました。

「もてなさる、って南瓜は他人様をおもてなしするような食材ではないだろうが……」

と思ったからです。お客に呼ばれて、食事に南瓜を出されて、喜ぶ人がいるだろうか、この作者は

どうかしているのではないか、とおかしかったのです。しかし、これは私の偏見だといわなければならないでしょうね。

「冬至南瓜に年とらせるな」ということわざもあります。冬至に南瓜を食べると、中風にかからない、風邪をひかない、という言い伝えがあり、昔は冬至にはどの家でも南瓜を食べたものです。古い時代には、宮中でも冬至の日には節会《せちえ》（公事《くじ》の日に催す宴会）を催して、南瓜を食べたそうです。これを「冬至南瓜」というのです。南瓜を軽んじてはいけないのです。

と理性ではわかっているのですが、戦時中の情ない体験から私たちは南瓜に対する偏見を捨てきれないのですね。『生活の歌』（馬場あき子著）の中に「戦争と生活」という章があり、著者は、女子挺身隊員として工場に動員されていたころのことを回想して、

「戦争のきびしさ、敵の大きさ、動員学徒の非力さを訓話されて、出ない元気も出し合って機械を動かしていた。そのころの食糧にふれた歌に、

海藻の代用そばの冷めたると海豚《いるか》の肉に箸つけしのみ　鹿児島寿蔵
南瓜《とうなす》を猫の食ふこそあはれなれ大きたたかひここに及びつ　斎藤茂吉

というような歌もある。私などが軍需工場で敗戦まぢかに食べていた食品は、カボチャと鯨肉とハルサメを煮たものに、豆カスと屑蕎麦と麦と米の合炊きのごはんだった」

と書いていています。馬場さんも、私と同じように、南瓜は豆粕や屑蕎麦と同列に並べられるもので、

他人様をもてなすために用意するご馳走のたぐいではない、と思っておられるのではないでしょうか。猫が南瓜を食う、という斎藤茂吉の歌も心にしみます。よっぽど腹をすかしていた猫だったのでしょうが、それにしても、です。たしかに「あはれなれ」です。

このような南瓜には「うん、そうだ、そうだ」とうなずけるのですが、「もてなさる南瓜」にはどうしても違和感を持ってしまうのです。

アメリカの真似をして、近年は日本でもハローウイン（万聖節の前夜祭）に南瓜を抱えて大騒ぎする人もいるようですが、あのような催しにも私はどうしてもなじめません。私と同世代の人はみなそうではないでしょうか。

南瓜はもともと人々にとって大切な食品でした。冬至の日に神様にお供えし、家族みんなで有難くいただく習慣が全国各地にありました。寒い季節を迎え、忙しい年末の日々に備えるために栄養のあるものを食べておかなければ、という思惑から南瓜が選ばれたのでしょう。長寿食ともいわれていました。そんなけっこうな南瓜を私が疎んじるようになったのは、ひとえに戦争のせいです。

第二次世界大戦中、わが国の国民生活は年毎に窮迫しました。主食が配給制になったのは昭和十六（一九四一）年四月からですが、前述のように、主食である米は間もなく姿を消し、ジャガイモや南瓜などの野菜や雑穀類で人々は飢えを凌がなければなりませんでした。

「代用食」という言葉が生まれたのもそのころのことです。米飯の代用をする食品という意味です。代用食としてもっとも活躍したのが南瓜です。

東京や大阪などの大都市は米軍の無差別爆撃をこうむって、あちらこちらに「焼け跡」という空き地ができました。その空き地を利用して、人々は南瓜を植え、収穫して飢えを凌いだのです。慣れない畑仕事ですから、おいしい南瓜がつくれるわけがありません。空《す》きっ腹《ぱら》で食べてもうまいとはどうしても思えなかった、と妻も当時を回顧して言います。

馬場あき子さんや妻や私たちのように、戦争中に青春を過ごした世代の日本人にとって、南瓜にまつわる記憶は、空襲、焼け跡、空腹、まずい、といったマイナスイメージのものばかりです。私たちにとっても、南瓜にとってもたいへん不幸なことですが、仕方ありません。

でも、もう二十一世紀です。古い偏見は払いのけなければいけないでしょう。

一昨年、日向南瓜で有名な宮崎県に出向いて、南瓜の栽培状況を詳しく見る機会に恵まれました。驚いたのは、南瓜がみな縦に実っていたことです。ハウス栽培の南瓜だったので、畑の畝《うね》には垂直に太い棒が何本も刺してあり、南瓜の蔓はその棒をよじのぼって空中に大きな実をぶらさげていたのです。家庭菜園の南瓜とはまったく違った印象でした。

採れたての南瓜を料理して食べさせてもらいました。何十年ぶりに私は南瓜を胃袋に入れたのです。いい経験でした。夜、酒席で、

ヤレ、もろたもろたよ、いもがらぼくと、日向南瓜のよか嫁女

などと、ご機嫌で歌ったことでした。南瓜に対する偏見もかなり薄くなりました。でも完全にはまだ消えません。これも戦争の後遺症の一つでしょう。ほんとうに戦争は困ったものです。

茄子と嫁いびり

茄子はインドが原産で、日本には八世紀ごろ渡来したといわれています。漬物にしたり、味噌汁の実にしたり、一般の食生活にきわめて近しい食品のせいか、

「茄子と男は黒いがよい」
「親の意見と茄子の花は千に一つも仇はない」
「茄子苗と女は余らぬ」

など、ことわざも数多くありますが、茄子の俚諺といえば、なんといっても有名なのは、

「秋茄子は嫁に食わすな」

でしょう。あまりにも広く知られていることわざなので、私もつい俚諺などと書いてしまいましたが、このことわざは実はなかなか由緒のあるものなのでした。

『夫木和歌抄《ふぼくわかしょう》』という三十六巻の和歌集があります。一三一〇年ごろできたもので、藤原長清撰です。万葉集以後のさまざまな個人歌集などから一万七千首あまりの秀歌を選んで編んだものですが、その中に、

秋なすびわささの粕に漬けまぜて嫁にはくれじ棚に置くとも

という歌があるのです。「わささ」は漢字で書くと「早酒」。新酒または漉《こ》していない酒のことです。その粕に漬けた秋茄子はさぞかしおいしいことでしょう。

嫁はいびるもの、いびられなければ嫁じゃない、というのが常識だった封建時代には、こういう歌を平気で詠む人もいたし、選ぶ人もいたのです。

月さすや嫁に食はさぬ大茄子

一茶にもこんな句があります。

しかし、ことわざの解釈はいろいろあって、「秋茄子は嫁に食わすな」もいくつかの違う解釈があります。茄子は美味ではあるけれども、水分が九四パーセントで栄養的には劣等食品です。

そんなものばかり食べていたら体力がつかないから、朝から晩までしっかり働けない。嫁は働かなくてはならない体だからもっと栄養のつくものを食べさせなくては、という意味なのだ、という説もあるし、いや、そうではない、これは若い嫁の体をいたわって心くばりをしているのだ、嫁いびりではない、という説もあります。

古書に「茄子は性冷にして腸胃を冷す。秋にいたりて毒最甚し」とあるそうで、だから大事な嫁には食べさせないのだ、というのです。これは後に科学的に裏付けられました。

昭和四十五（一九七〇）年十月に東大で開かれた日本生化学会で、京都府立大農学部の金森正男教授が「茄子には消化を妨げるトリプシンインヒビターという物質が多量に含まれており、食べすぎると消化不良や栄養障害を起こす」という新説を発表しました。嫁いびりをしたつもりの意地悪姑のほうが実は、茄子の食いすぎでトイレでしかめっ面をしていたのかと思うと愉快ではありませんか。嫁に食べさせないのは秋茄子ばかりではありません。津軽の民謡「弥三郎節」にこんな文句があります。

十トァエー　隣知らずの牡丹餅コ　嫁ね食《か》せねで親子ばり

「隣知らず」は牡丹餅の異称です。牡丹餅のようなうまいものは嫁には食わせないで、舅、姑とその息子である嫁の亭主、つまり、血のつながった親子だけが食うものだったのですね。それも多分、嫁の目の前ででしょうね。

弥三郎節は津軽地方に江戸時代から伝わる嫁いびりの俗謡です。文化五（一八〇八）年のころ、青森県西津軽郡森田村の弥三郎という農民の妻が、姑から虐待の限りを尽くされたあげく、離婚になった実話を基につくられた歌です。しかし、こんな話は津軽だけではなく全国いたるところにあったのでしょう。

松茸

松茸をこれほどまでに珍重するのは日本人だけでしょう。中国でも近年は食べるようになりましたが、これも日本人があまりにも有難そうに食べているのをみて影響されたのだそうです。西洋ではどこも松茸なんて見向きもしません。いや、見向きもしない、というより産出しないのです。現在では、松茸は台湾や朝鮮半島、中国でもできることがわかっていますが、私の中学生のころは日本特産だと教えられていました。

しかし、その日本でも、松茸、松茸と大騒ぎするようになったのは、そんなに古いことではありません。『万葉集』や『古今集』などには松茸の歌は見つかりません。松茸が出てくる古い文献では『雍州府志《ようしゅうふし》』がありますが、これも江戸時代の本です。「雍州」というのはもともとは中国の陝西・甘粛あたりの地域を指す言葉ですが、それになぞらえて日本では山城《やましろ》（五畿の一。現在の京都南部）の異名となっています。京都の松茸が有名だったのは古くからのことだったのですね。京都でも特に、伏見の稲荷山産が良品とされています。

豊臣秀吉と松茸に関する有名なエピソードがいくつかあります。

秀吉があるとき、松茸狩りに出かけました。松茸山を所管する大名が警備に万全を期したことはいうまでもありません。松茸の植えこみももちろんやりました。この「植えこみ」というのは松茸山につきものの「裏芸」で、昭和になってからでも行なわれていました。

茸狩《たけがり》やから手でかえる騒ぎかな　一茶

という句があります。せっかく松茸狩りに来たのに一つも採れないで帰るというのはまことに残念なことで、一騒ぎになっても当然のことだったのでしょう。そんな騒ぎを防止するためにもと、松茸山の管理者が前日に適当な数の松茸を目立つように山の要所要所に植えこんでおくならわしが早くからできていたのでしょう。

太閤関白の松茸狩りともなれば、この植えこみが盛大に行なわれたことは当然です。秀吉はその植えこみ松茸を次々に採って上機嫌でした。それを見たお供の女中たちが、

「こんなミエミエの植えこみ松茸を嬉しそうに採るなんて、太閤様もボケたのかしら」

と陰口をききました。それを耳にはさんだ秀吉は、

「わしは百姓の倅として育ったのだから、お前たちよりは山のことはよく承知しておる。これらが植えこまれた松茸であることは一目でわかる。しかし、これらの松茸を植えこんだ者たちは、わしやお前たちを喜ばせようと思って、前の日に一生懸命汗を流して、植えこみ作業をしたのじゃ。その気持ちに報いるためにも、喜んで松茸を採ってやらなければならんのだ。お前たちも、そんなに気取った様子をしていないで、どんどん松茸を採りなさい」

と女中たちを諭したというのです。

おもしろい話ですが、これは秀吉の人気を高めるために講釈師がつくった話で、秀吉の時代にはそんなに松茸は評判にはなっていなかったはずだ、という学者がいます。どうなのでしょうか。

取敢へず松茸飯を焚くとせん　虚子

高浜虚子編『新歳時記』の「松茸飯」の項に出ている句です。「松茸飯」については、虚子自身が「松茸を投じた香り高い飯である。一膳飯屋などで真っ先に出る」と解説を書いています。

草間時彦の『食べもの俳句館』には、

「これが書かれたのは昭和九年である。そのころは松茸飯は一膳飯屋の食べものだったのである。だから虚子の句も、不意の来客で、何もないし、銭も乏しい。八百屋で松茸を買ってきて松茸飯。それに、豆腐の味噌汁、大根の漬物、そんなところで……。というのがこの句の『取敢へず』なのである」

と記されています。昭和初年には松茸はそんなに安価で大衆的なものだったのでしょうか。とすると、松茸が高級品として珍重されるようになったのは、いつごろのことなのでしょう。

妻のミチルが私との共著『味はみちづれ』(新潮社)で、松茸の思い出を次のように書いています。

「いっしょになって三ヵ月あまり経ったころでしょうか。魚を入れるトロ箱の深さを倍にした程の大きな木箱が二つその朝届いて、中身は――開けて見るまでもありません。何しろ強烈な香りでしたから。東京育ちの私なんかは八百屋さんででも見たことのない程たくさんの松茸でした。（中略）姑の実家は滋賀県甲賀郡。忍者の里として有名な山深い田舎で、松茸の産地だったのです。『じいちゃんに頼んでくれたのだな』と夫が言う通り、姑は大阪なみの相場で田舎に送金したのでしょう。それで松茸を買ったら山ほどになった訳で、為替差益がそっくり私たちの所へ送られて来たのですね。

翌年、今か今かと心待ちにしていましたのに、十月が過ぎて十一月になっても一向に松茸はやって来ません。大阪から竹編みの小籠が届いたのは、もう秋も大分深まってからでした。田舎へ依頼しても『あんなバカ高いものを買えるものか。もう少し安くなってから』と、じいちゃんは可愛い孫の所へも送るのを承知しなかったと、姑からの詫状がついていました」

私たちが結婚したのは昭和二十八（一九五三）年ですから、そのあたりから松茸は高級食品のお仲間入りをしたのでしょうね。

松茸の今日が底値とすすめられ　　稲畑汀子

味よりも値段で買うかどうかを決める、松茸はもはやそんな品になってしまったようです。

ようなもの

野菜の貴族、と呼んでもおかしくないくらい高級化した松茸ですが、その一方で、常に滑稽、揶揄の対象にされる思いがけない一面があります。その特異な形状のせいです。

『飲食事典』にも、

『本朝食鑑』にはマツダケの性状をかなりくわしく記してあるが、わるかったのは平安朝時代の貴族社会で、形の連想から後宮（婦人の合宿生活）の禁句としたことで、女房詞《にようぼうことば》では単にマツと呼んだ」とあるように、古代から松茸はその形状を忌み嫌われ、また、揶揄の種にもされました。松茸のあの形は、笑い話やバレ唄の作者にとってはもってこいの素材には違いありません。

この項のタイトルにした「ようなもの」は『にっぽん小咄大全』（浜田義一郎訳編）にある次の小咄の題を借用したものです。

手代、医者へ行き、聞き合わせる。

「手前どもの娘御もおかげで快方に向かい、食欲も出てまいりました。鱚《きす》・長芋のたぐいは、食べてもようございますか」

「アアもうよろしい」

「松茸のようなものは?」

「いやいや、それは大禁物でござる。なりませぬなりませぬ」

「イエ松茸でござりまする」

「アアさようか。松茸ならばようござるが、松茸のようなものはなりませぬぞ」


「秋田音頭」は「秋田甚句」や「秋田おばこ」とともに秋田県の代表的民謡ですが、中でも「秋田音頭」は卑俗な替え歌が多くつくられ、酒席などでもよく歌われています。そんな替え歌の一つに松茸をこのように歌ったものがあります。これは松茸にとって、不幸なことでしょうか、それとも楽しいことというべきでしょうか。

〽向かえのおかちゃぁ　難産したとき　一生やらぬと決心したげな
三日もたたぬに　大きな松茸　はっは　これだば死んでもええ

『日本春歌考』には「津軽歌・雑」として、こんな歌も紹介されています。

〽生きた松茸なまのまま　まぐらて　ガギこしらえる

芋名月

旧暦八月十五日、中秋の名月をまた「芋名月」といいます。農耕民族である日本人にとって、この日は大切な折り目の日で、どの村でも初穂祭を行ない、名月に芋や団子、枝豆などを供えるのがならわしでした。この夜のことをまた「芋名月」ともいいますが、これはお供え物の中で芋が主役だからでしょう。

てる月の山ばかりかは里いものますのすみからすみのぼる影

天明年間（一七八一〜一七八九）に出版された『徳和歌後万載集』にこんな狂歌が載っています。作者は節松嫁々《ふしまつのかか》という女流。狂歌三大家の一人、朱楽菅江の妻です。

（月の光は山から射してくるばかりではない。里芋を盛り上げた枡の隅からも澄んだ美しい光をたちのぼらせているのだ）

という意味で、芋名月の喜びを歌っているのです。芋を盛った枡の中から月の光がたちのぼってくるというのは、主婦ならではの感覚でしょう。

芋は世界中に広く分布し、人類がもっとも古くから食料としてきたものの一つです。その種類も多く、漢字では「芋」が里芋、「薯」はじゃがいも、「藷」は薩摩いも、「蕷」は山のいもと区別しています。そのほかにも蒟蒻いもや菊いもなどあり、世界各地で大量に生産されています。世界でももっとも多く栽培されているのはじゃがいもで、日本でもそうです。

アジアでは薩摩いもの生産も多く、わが国でも今は、「いも」といえば薩摩いもやじゃがいものことを思い浮かべる人がおおかたでしょう。しかし、じゃがいもも薩摩いもも近世になって渡来したもので、古来、日本の芋は里芋でした。「芋を洗うよう」「芋頭《いもがしら》でも頭《かしら》は頭」「家柄より芋茎《いもがら》」などということわざに出てくる芋はみな里芋のことなのです。

芋煮会を名物にしているところが全国各地にあります。山形など東北地方のものがよく知られていますが、京都や島根県の津和野などにもあるそうです。私も山形の芋煮会に招かれて行ったことがあります。この芋煮会に用いられる芋も里芋です。

芋煮会寺の大鍋借りて来ぬ　細谷鳩舎
大鍋を川原に据ゑし芋煮会　佐藤四露

こんな句がありますが、私が見た鍋もほんとうに大きな鍋で驚きました。岐阜県関市の住吉神社では土地の人が神社の境内に集まって里芋をぶつけあう神事があるそうですが、ほかにも里芋が神事に用いられることは少なくありません。日本の芋文化の原点が里芋だといっていいでしょう。

団子

「桃太郎さん、桃太郎さん、お腰につけた黍団子《きびだんご》、一つ私にくださいな」という文部省唱歌を知らない人は一人もいないでしょうが、ほんものの黍団子を食べたことのある人はどれほどいらっしゃるのでしょうか。私も実は食べたことがありません。それどころか、黍団子は、正しくは「吉備団子」と書くのだということも最近まで知りませんでした。岡山の吉備津神社境内の茶店が発祥の地だから吉備団子と書くべきだと、さる物知りに教えられて驚いたのです。

それで自己弁護するわけではありませんが、団子は現代の食ブームに取り残された気の毒な食品の一つではないでしょうか。もちろん、名物団子は各地にあり、それぞれ健在です。東京なら向島の言問《こととい》団子、柴又の草団子、京都なら七条編笠《あみがさ》団子、御手洗《みたらし》団子などそれぞれ人気を保っています。それでも正月の二十日団子や春秋の彼岸団子など、昔のようにきちんとする家庭は減ったのではないでしょうか。

昔は、団子が私たちの日々の生活にどんなに近いものであったか。ちょっと振り返ってみたいと思います。

花よりも団子やありて帰る雁　　松永貞徳

松永貞徳は江戸初期の俳人、歌学者。八十四歳まで長生きして多くの著作を残しました。ことに当時の新興文芸であった俳諧の指導者としての業績は大きい。この句は『犬子集《えのこ》』に載っているものです。ちょっと見ると、何を言っているのかわかりませんが、『古今集』の、

春がすみ立つを見すててゆく雁は花なき里に住みやならへる

(せっかく春がきたというのに、わざわざ北のほうへ帰っていく雁は、花のないところに住み慣れているのだろうか)

という歌を下敷きにしている、とわかれば納得できますね。雁の故郷の北方には、花はないけれど、おいしいご馳走がいっぱいあるのだ。「花より団子」で、雁は北へ帰っていくのだろう、と貞徳は言っているのです。

団子が日本人にどれくらい好まれたか、ということは、団子に関することわざの多いことからも十分推測されるでしょう。「花より団子」をはじめとして「団子に目鼻」「団子隠そうより跡隠せ」「団子を食えば彼岸を思う」などいくつもあります。それぞれ含蓄があっておもしろいのですが、「団子は餅にでも」というのにはちょっと異論があります。

「団子は餅にでも」というのは、団子と餅のように異質のものでも双方の言い分をなだめて、うま

く妥協させれば円満におさまる。なにごとも妥協が肝心だ、と話し合いを奨めることわざですが、団子と餅はそんなに異質なものではありません。

米、麦、粟、黍など穀類を粉にして、丸め、蒸したり、焼いたりしたものが団子ですが、穀類のこうした処理法は数千年も前の時代から世界の各地で行なわれていたに違いありません。

今はほとんどみられなくなったものですが、古代には「しとぎ」という食品がありました。水に浸して軟らかくした米を臼で搗いて粉にし、水でこねて団子のように丸くしたもので、神前に供えたものです。地方によっては死者の枕元に供えることもあります。餅の原形だとされていますが、しとぎ団子と呼んでいる地方もあり、団子か餅なのか、はっきり区別するのは困難です。

椿餅、柏餅、桜餅、牡丹餅、安倍川餅など、餅という名前はついているけれども、団子といっても少しもおかしくはありません。御手洗《みたらし》団子を御手洗餅といってもおかしくないのと同様です。餅と団子は、このようにもともと兄弟同様の間柄なのです。

だから団子が餅にもなるし、餅が団子にもなる、話し合い、妥協が成立するのです。団子が木の実といくら話し合っても妥協は成立しないのではないのでしょうか。

団子夜中《やちゅう》新月の色五つざしすこしこげたは曇《くもり》なりけり　白鯉館卯雲《はくりかんぼううん》

この狂歌の作者卯雲は江戸天明狂歌の先駆者の一人で、『今日歌集』という歌集もありますが、『鹿の子餅』という小咄の著書もある人です。本職は幕府小普請方。江戸の狂歌人はこの卯雲のように、下級武士で、勉強家のインテリで、それでも封建社会だから出世はできず、世の中を斜に睨んでいた人が多いようです。

この歌には「四方赤良、高田の馬場にて、十三夜より十七夜まで五夜の月見したときけて」という前書きがついています。四方赤良は大田蜀山人の別名。この人も狂歌のほかに黄表紙、洒落本、滑稽本など書きまくった人ですが、それでも江戸時代の人はのんびりしていたと見えて、五晩、連続で月見を楽しんだのですね。それを狂歌にしたのがこの歌です。

(五夜、連続の月見というのは、たとえてみれば、月の団子を五つ、串に刺してぱくつくようなものではないか。けっこうなことですね。でも、五つの団子の中にはすこし焦げたようなのもありますが、まあ、それは月にかかった雲、というところでしょうか)

といった歌意でしょう。親分の四方赤良の酔狂にちょっとお世辞を使っているのがわかります。月見団子というのもあるくらいですから、月を団子にたとえるのは感心するほどの巧みな比喩ではありませんね。

木の実

縄文時代の遺跡から約四十種類の食用植物が出土しており、その大部分は木の実だそうです。ことに胡桃《くるみ》、栗《くり》、栃《とち》、団栗《どんぐり》などの殻の固い堅果類が多いということですが、それは当然でしょう。古代人が木の実をよく食べていたことが想像できます。

今日では、木の実は食材としては端役でしかありません。それもかなり下っ端のほうの端役でしょう。だからといって日本の食文化史を論ずるのに木の実をはずすわけにはいきません。木の実もりっぱな山の幸です。日本人の命が木の実によってどれくらい支えられてきたか。これは忘れてはならないことだと思います。

紀の国の　熊野の人は　かしこくて　このみこのみに　世を渡るかな

『山家集』には載っていませんが、西行の作だと伝えられている歌です。熊野は和歌山県から三重県にまたがる地域で、私も何度か行きましたが、山また山という森林地帯でした。慣れないレンタカーで走り抜けたのですが、何度か危ない思いをしました。

高野山に草庵を結び、修行した西行は熊野にもしばしば足を運んでいますが、そのころの熊野は、もちろん、道らしい道もなかったことでしょうし、私が見た熊野よりはるかに鬱蒼としていたに違いありません。

そんな山の中にどんな人々が暮らしていたのでしょうか。西行が「熊野の人はかしこくて」と褒める熊野の人というのはどんな人びとだったのでしょうか。

「かしこくて」「このみこのみに」が仮名で書かれているのは、それらが掛詞《かけことば》になっているからでしょう。「熊野の人は賢明で自主性が強く、自分の好みを生かして生きていく」というのが歌の意味ですが、その「好み」に「木の実」をかけてあるのです。

「かしこくて」も「賢《かしこ》くて」と「樫子《かしこ》、食《く》うて」（樫の木の実を食べて）と二重の意味をもたせたものでしょう。

山ばかりで樹木の多い熊野地方の人にとって、木の実は、貴重な食料資源だったはず。しかし、固い殻に覆われた木の実をおいしく、また栄養価も高く食べるためには、さまざまな工夫や知恵も必要だったに違いありません。

まぎらはし木の実に交る鹿の糞　李里

という句もあります。うっかりしているととんでもないものを食べてしまうことになります。賢くなくては、木の実もおいしくは食べられないのです。

西行は熊野の人たちが木の実をさまざまに工夫して食べていることによっぽど感心したのでしょう。木の実というのは、椎《しい》、栃、栗、銀杏《ぎんなん》など秋に熟する木の果実の総称です。それらの中でも果皮が固くて種子からすぐに離れるものを堅果といいます。胡桃、栗、栃および団栗類が四大堅果と呼ばれています。

一般的にいって、木の実類はそれほど美味な食物ではありません。澱粉を餅にしたりして食べますが、救荒食としては役立つものの、舌鼓を打つというものではないですね。

木の実の中で美味なのは銀杏、胡桃、栗の三種くらいのものでしょう。この三つの中では栗が一番でしょうか。芋のうまさをいうのに「九里《栗》より《四里》うまい十三里」というように、栗はうまいものの基準とされるくらいなのですから。

しかしこの俚諺だって栗は芋よりうまくない、と言っているようなものですから、それほどの褒め言葉でもないともいえます。

のぼるべき頼りなき身は木のもとに椎を拾ひて世を渡るかな

これは鵺《ぬえ》退治で有名な源三位《げんざんみ》頼政《よりまさ》の歌です。

頼政は、保元《ほうげん》の乱では同族の源義朝を見捨てて、平清盛に味方し、その清盛の推挙によって従三位の身分に昇進した人物ですが、その前は低い地下《じげ》（清涼殿に昇殿を許されない官人）の身分でした。なかなか出世できないわが身を悲しみ嘆く歌を詠み、その歌で人々の同情を得て、少しずつ地位が上がったという珍しいエピソードの持ち主です。

その同情を買ったという歌がこの「のぼるべき……」の歌なのです。

（いくら一生懸命に働いても、上に引き上げてくれる頼りになる人がいない不運な私は、木の下に落ちている椎の実を拾って飢えを凌ぎ、かつかつで生きている状態です）

とひたすら哀れみを乞うているのです。最低の暮らしをあらわす言葉として「椎を拾ひて世を渡る」が使われているのです。

椎の実というのはそれくらい貧しい食物の代表とされてきたものです。

膝ついて椎の実拾ふ子守かな　高浜虚子
椎一斗米に易《か》へゆく袋かな　浜田波静

などの俳句にも、わびしい感じがつきまといます。

椎の実

『日本大歳時記』（講談社）の「椎の実」の項を繰ってみると、

丸盆の椎にむかしの音聞かむ　蕪村

をはじめとして、二十句の例句が挙げられていますが、味について何かをいっている句は一つもありません。味をとやかくいう代物ではない、ということなのでしょうか。ところが、その椎の実を、「これを食べはじめたら親の臨終に間に合わないほどうまいものだ」と賞味する人々が同じ日本にいるのだからおもしろいではありませんか。

長野県立歴史館館長で理学博士の市川健夫氏の著書『日本の食風土記』（白水社）に、「横浜の都市公園で、椎の実を拾っている人を見かけたことがある。聞けば奄美大島出身で故郷の味が忘れられずに、秋になると椎の実を求めて公園にやってくるのだという。奄美の中心都市名瀬の露天市場で、椎の実が売られているのは、この地では普遍的な食品になっていることを示している。椎は二〇～三〇年ほど経たないと実をつけないほど成長が遅い。この木はカシとともに照葉樹林を代表する天然林をつくり、イノシシなど野生動物の格好な飼料になっている」という一節があります。それにつづいて、奄美大島の人々は「これを食べたら親の臨終に間に合わない」というという話が出てくるのです。

美味であるばかりでなく、椎の実は、アク抜きをする必要もなく、炒ったり、焼いたりして、すぐ食べられる利点もあり、食物としてはなかなかすぐれたものだという人もいるのです。

西行のいうように、人間というのはほんとうに「好み、好み」なものなのですね。

俳句の季語では「花」といえば「桜の花」ということにきまっていますが、これと同様に、「木の実」といえば橅《ぶな》の実のことをいうのだそうです。前記の『日本の食風土記』によると、縄文時代には全人口の三分の二が東日本の橅林帯に居住していた、とのことで「冷温帯の落葉広葉樹林の極相林はブナである。ブナの実を『木の実』と呼んでいるように、日本における堅果類の代表がブナの実であった」のです。

「ブナの実は脂肪が多く含まれているため麦の香煎よりはるかにうまい。この粉を固めて焼くと落雁になる。なお落果したブナの実は翌年発芽するが、これを採って萌やしとして用いられてきた。これはおひたしや和え物にするとたいへんうまいものである」

とのことです。

木の実は、古代人だけの食べものではないのです。健康食という観点からも、木の実はもっともっと再評価されなければならない食品ではないでしょうか。

鮭

行く年の尾がしらかけて塩引の壱尺ほどになりにけるかな　馬場金埒

「歳暮」という題がついています。年も押し詰まって、正月までにあと何日もない。その短さを歳暮の塩引鮭の一尺ほどの長さに喩えた狂歌です。作者の金埒は狂歌四天王の一人といわれた人。『金撰狂歌集』などがあります。

「塩引き」というのは魚類を塩漬けにすることですが、「塩漬け」ではなく、「塩引き」の表現を用いた場合は鮭を指す、といってもいいくらいで、鮭における塩引きの歴史は長い。平安時代初期の禁中の儀式や制度を記した『延喜式』に、地方から貢物として塩引きの鮭を献上するならわしがあったと記されていますから、千年以上の歴史があることになります。

孤独なる姿惜しみて吊し経し塩鮭も今日ひきおろすかな　宮柊二

塩鮭の切身の錆朱凮の路地　柴田白葉女

など鮭を詠んだ歌句には塩鮭をテーマにしたものが圧倒的に多い。最近でこそマーケットの魚屋でも生鮭を売っていて、普通のサラリーマンの家でも照り焼きにしたりして食べていますが、昔は生鮭を食べられる人はきわめて限られた人だけでした。長い間、日本人にとって鮭とは塩鮭のことだった、といってもいいでしょう。

その塩鮭、不思議なのは、現在も千年前とほとんど同じ方法で塩引きが行なわれていることです。食品生化学者の大塚滋氏も、

「食品を加工する技術は、ずいぶん発達したが、こと塩ザケに関する限り、内臓を除いて塩漬けにするという、あの素朴な製法には、たいした進歩や改良は見られない」(『たべもの事始』)

と著書で、その点を指摘しています。

どうしてなのでしょうか。また、その塩引きはどのようにして行なわれるのでしょうか。実際にこの目で確かめてみたい、と鮭の本場といわれる新潟県村上市に足を運びました。

新潟県の北部、岩船郡朝日村と村上市の中央を流れる、全長約四十キロの三面川《みおもて》は、古くから「鮭川」と呼ばれていたほど鮭漁の盛んな川です。平安時代の末期、長寛三(一一六五)年に京都にいた越後国司が国許に送った公式の通達に「三面川で獲れる鮭は都への重要な納入品であるから土地の役人といえども勝手に捕獲してはならない」と書いたものが残っています。

また、新しいところでも、世界で初めて、鮭の天然孵化増殖システムに成功した川ということがあり、その名は広く知られています。

海からやってきた鮭は何日もかかって三面川を遡上するのですが、河口から二キロあたり、川の水

を一日飲んだくらいの鮭が一番うまいと地元の人はいいます。この川で鮭を獲るのは居繰網漁《いぐりあみ》という独特の漁法です。長い網の両端を二艘の舟で持ち、川をゆっくり下っていくと、遡上してきた鮭が網の中に入ってくる、という仕掛けです。もう一艘、鮭が網の外に行かないように追い立てる役目の舟もいます。私はこの舟に乗せてもらいました。

獲った鮭は、まず腹を割いて内臓を取り出し、一尾あたり五、六合の塩を全身にすりこみます。一週間ほど経ってから水洗いして、魚体から出たヌメリを取り除き、もう一度塩をまぶして軒下などにぶら下げ、よく風に当てて干します。変わっているのは、腹を割くとき、一気に割かず、上部と下部に二度包丁を入れて、真ん中につなぎ目を残すことです。一気に割くのは切腹のやり方に似ていて縁起が悪いからだそうです。江戸時代に村上藩の城下町だったこの土地では、武士の勢いが強く、武士の機嫌をそこねるようなことはつつしまねばならなかったからでしょう。

真っ先に取り除く内臓も捨てるわけではありません。肝臓はナワタといい、甘煮にして賞味します。腎臓は数年間漬けたものをメフンといい、珍味として喜ばれています。心臓を白焼きしたものをドンビコといい、これも珍味です。胃袋は塩辛にします。鮭は、鱗以外は、頭から尻尾まで、歯一本残さず、すっかり食べられるご馳走なのだ、というのが村上の人たちのご自慢でした。

新巻の塩のこぼれし賑はひや　角川照子

「塩引き」は鮭の代名詞、と先に記しましたが、それよりもっと鮭の代名詞なのが「新巻」でしょう。「葦・竹の皮・藁などで魚を包んだもの」と辞書にはありますが、実際にそんな意味で新巻という言葉を使っているのを聞いたことのある人は稀でしょう。新巻といえば鮭以外のなにものでもありません。

新巻は、ほんとうは荒巻と書くのだそうです。室町時代に塩鮭を塩俵の荒筵《あらむしろ》で巻いたところからつけられた名前なのです。しかし私は新巻のほうがこの鮭の本質的な特徴を表現していて、いい名前だと思います。塩引きに比べると、新巻はずっと薄塩ですが、それは素材が新しいからです。沖獲りの鮭をすぐに塩をして、そんなに日をおかずに食べる。これが正真正銘の新巻。川に上ってきた鮭ではもう味が落ちる、と昔の鮭漁師はいっていたそうです。「新しい」のが命なのですから、荒巻よりは新巻のほうがふさわしいではありませんか。

鰯のかしら

日の光今朝や鰯のかしらより　蕪村

江戸後期の俳人で蕪村の弟子であった高井几董《きとう》著の『蕪翁句集　巻之上』所載の句です。江戸いろは歌留多では「い」は「犬も歩けば棒にあたる」ですが、上方いろは歌留多では「鰯の頭も信心から」です。この上方いろは歌留多の文句をそのまま俳句にしたようなもので、芸もないように見受けられますが、そうではないのです。

紀貫之の『土佐日記』に「けふは都のみぞ思ひやらるゝ。小家の門の端出之縄《しりくべなわ》の鯔《なよし》の頭、柊《ひいらぎ》ら、いかにぞ」という一節があります。暮れの二十七日に土佐の大津を出発して、都に向かった貫之は船中で新年を迎えることになった、その時の感想を述べた一文です。鯔はボラのことで、「なよし」は異名です。出世の魚なので「名吉《なよ》し」と異名をつけたのです。当時の習慣として、大晦日には門口に注連縄《しめなわ》を張り、それに鯔の頭を突き刺しておく、ということがありました。家に近づいてきた鬼が汚らしい鯔の頭を見て、びっくりして退散するだろう、という正月の魔除けのまじないです。

貫之は「自分たちは船中で所在ない時間を過ごしているが、都ではもう正月。家々の門口には鯔の頭が挿してあることだろうなあ」と感慨を述べているのです。

紀貫之の平安時代には、鯔の頭だったのですが、これが後に鰯の頭に変わります。鯔より鰯のほうが鬼がもっとたじろぐだろうと思ったのでしょうか。蕪村の句の「日の光」は「初日の光」です。魔除けの鰯の頭も、初日の光の中で見ると、神々しく見えるのではないか、鰯の頭も信心から、だよ、というわけです。

千葉県の銚子港へ鰯漁の取材に行ったことがあります。漁協婦人部の皆さんが腕を振るって、さまざまな鰯料理をご馳走してくれました。はじめのうちは、うまい、うまいと喜んでいたのですが、二泊三日の仕事で、その間、朝から晩まで、鰯、鰯、鰯の鰯責めにはちょっと閉口しました。それでつい、婦人部の女性たちに、

「皆さんは、一年中鰯を召し上がっていらっしゃるのでしょうが、飽きませんか」

とバカな質問をしてしまいました。どういう返事が返ってきたと思いますか。

「亭主が命がけで獲ってきた鰯を飽きたなんて、言ったらバチがあたるわよ」

鰯漁は沖合いの仕事です。太平洋の波は荒く、海難はしばしばありました。漁協婦人部には未亡人が何人もいるそうです。一言もありません。脱帽しました。

こんな気持ちで鰯漁をしている皆さんのことを考えれば、鰯のことを下魚だなんて口が裂けてもいえないな、と本気で思いました。鰯を愛した食通作家、小島政二郎の鰯をたたえた一句をしめくくりに。

うつくしや鰯の肌の濃さ淡さ

鰯の欠点?

鰯の料理法の多さには驚かされます。九十九里浜一帯に昔から伝えられている料理法だけでも百を超えるそうです。全部をここに挙げるわけにはいきませんが、胡麻漬け、卯の花漬け、角煮、甘辛煮、輪切り汁、鹿の子揚げ、酢味噌和え、鰯鍋などがあります。

先に小島政二郎の俳句を紹介しましたが、鰯びいきの人は結構多いのです。阿佐田哲也のペンネームで麻雀小説を書き、色川武大の本名で直木賞をとった私の古い友人もそうでした。小説がまだ売れない頃、鰯で命をつないでいた、とよく話していました。

「何しろ安いからね、ちょっと小遣いが入った時にドカンと大量に買い込んで大鍋で煮ておくんだ。冷蔵庫に入れておけば半年はもつからね。ほかに何がなくても、これだけで飯も食えるし、酒も飲める」

という話で、鰯には大恩を感じている、と本気で言っていました。

「鰯千遍、鯛の味」といわれるように、実際に鰯はなかなかおいしい魚です。それが軽んじられてきたのは、大量に獲れる、というただそれだけの理由からです。鰯のただ一つの欠点? それは大量に獲れることです。

掬ひ出す船の鰯の無尽蔵　右城暮石
糶《せり》市の鰯シャベルで掬はれし　福島万沙塔

江戸中期の俳人で『鶉衣』などすぐれた俳文で知られる横井也有も「鰯といふものゝ、味ひことにすぐれたれども崑山のもとに玉を礫にするとか、多きが故にいやしまる。たとへ骸《むくろ》は田畑のこやしとなるとも、頭は門を守りて、天下の鬼を防ぐ、その功、鰐鯨も及ぶべからず」（『百魚譜』）と書いています。

「豊作貧乏」という言葉がありますが、海のほうでも「豊漁貧乏」といい、その代表が鰯です。昭和五十年三月十六日付の読売新聞にその「豊漁貧乏」の記事が出ています。昭和四十九年十一月の鰯の水揚げ量は前年同月の三倍。ところが価格のほうは、同じく大衆魚といわれる鰺や鯖が昭和四十五年に比べて、二倍前後に上がっているのに、鰯だけが四十五年の七五パーセントに下がっている。魚屋の前を通る主婦も鰯には目もくれないので、水揚げされた鰯の九五パーセントはフィッシュ・ミール（養魚用の飼料）にまわされている、という記事です。

そんな鰯が平成十五年二月一日の読売新聞に、「イワシ1キロ2100円！　水揚げ激減　居酒屋など仕入れに四苦八苦」と、大きな見出しの記事が出るようになります。世の中どう変わるか、わからないものです。こういう教訓まで与えてくれる鰯はほんとうに有難い魚ではありませんか。

冬の部

大根の褒貶

日本は世界の「野菜大国」です。日本人は世界一の野菜大食い民族です。野菜の種類は世界で約三百種類ほどありますが、それを全部食べている民族なんてもちろんありません。野菜をよく食べる民族として知られているのはフランス人で、約百種類の野菜を食べています。ついでアメリカ人、ドイツ人の順ですが、日本人はとびぬけて多く、百五十種類を超える野菜を常食しているのです。日本人が世界一の長寿国になったのは、この野菜好きも一つの原因ではないか、という学者もいます。

世界一野菜っ食いの日本人が数ある野菜の中で一番よく食べているのが大根です。大根は日本を代表する野菜だといっていいでしょう。

生産量はもちろん、野菜の中でトップです。作付け面積も第二位のキャベツと第三位の白菜の作付け面積を合わせたくらいあります。種類もたいへん多い。理学博士で食物史家でもあった篠田統ほかの『食物誌』には、

「その代表品種三十九、類似品種八十九、総計百二十八品種。これほど大根の品種改良が進んでいる国は、世界でも珍しい」

とあります。安土・桃山ころまでは単に大根としか書かれなかったのが、江戸時代になってから急速に品種改良が進み、現在のように、関東の練馬大根、三浦大根、中京の宮重《みやしげ》大根、方領《ほうりょう》大根、守口大根、関西の聖護院《しょうごいん》大根、辛味《からみ》大根、九州の桜島大根など数多くの名物大根が誕生したのです。

その料理法も多種多様で、大根おろし、千六本、煮大根、大根飯、切干、割干、たくあん漬けなどさまざまな料理法で私たちは大根を毎日のように食べています。

大根のファンも多い。『自由学校』(昭和二十五年)『てんやわんや』(昭和二十三、四年)など新聞連載小説で広い人気のあった獅子文六もその一人。「大根ほど、日本的な味わいを持っている野菜は少ないのである。そして、日本ほど、大根の食べ方の研究が進んだ国もないのである」(『食味歳時記』)とエッセイで書いています。

大根はしかし、日本の原産ではありません。原産地はコーカサス地方といわれ、ピラミッドの建設に従事した人たちの主食が大根だったといわれています。大根の豊富なビタミンCが活力源になったのでしょうか。

日本には中国を経て伝えられたものですが、その時期は早く、『日本書紀』に「於朋泥《おほね》」として登場しています。それでもピラミッドにくらべればずいぶん遅れています。日本文化そのものが世界的に見れば後発だったということでしょう。

おもしろいのは『古事記』に出てくる大根です。

つぎねふ　山代女《やましろめ》の　木鍬持ち　打ちし大根《おほね》

根白《ねじろ》の　白ただむき　まかずけばこそ　知らずとも言はめ
(京都の山代の女が木の鍬で掘り起こした大根のように真っ白いお前の美しい腕を枕にして、私は寝たのだよ。そのことを忘れたとは言わせないよ。「つぎねふ」は山代にかかる枕詞)

これは仁徳天皇が皇后の石之日売命《いはのひめのみこと》に贈った歌です。仁徳天皇はたいへん色好みの天皇で、しょっちゅう女のことでトラブルを起こしていました。

皇后の石之日売命はたまりかねて、あるとき、とうとう宮廷から逃げ出してしまった。その皇后を呼び戻そうとして仁徳帝が詠んだのがこの歌なのです。石之日売命の機嫌を取り結ぼうと最大限のお世辞をいっているのですが、それが「大根」なのが愉快ではありませんか。今の日本だったら「お前の足は大根のようだ」などと女性に対して言おうものなら、噛みつかれるか、張り倒されるか、でしょう。

ところが、仁徳帝の時代では、「大根のようなお前のその腕」という表現が最大のお世辞になったのです。大根がどんなに珍重されていたか、という一つの証拠といえましょう。

大根のことを「加賀御草《かがみくさ》」ともいうそうです。『四季草木異名』に、「加賀御草は正月一日、鏡の上に置くだいこんのことなり」とあります。この「鏡」は鏡餅のことです。

宮中では今でも、正月二日には鏡餅の上に大根を置くことになっているそうです。

『延喜式』内膳司に「正月三節」の供御《くご》（天皇や皇族たちの飲食物のこと）としていくつかの食品が挙げられていますが、その筆頭が大根です。現在でも宮中では、正月の雑煮には必ず大根を入れます。

鰯や鰊などのように大量に獲れて安価な食品は「下魚」などと呼ばれて軽視されがちなものですが、大根は多くの人に好まれる大衆的な食品であると同時に、貴ばれる食材でもあったわけです。

そういう大根にケチをつける人もいました。清少納言です。『枕草子』第百四十九段に、「えせ者のところ得るをり」と題して本来ならそんな晴れがましい場所にいられるような身分ではないものが、たまたま高いところにおさまっている姿を皮肉っている文章があります。

その筆頭に挙げられているのが「正月の大根《おほね》」です。大根の分際で鏡餅の上に乗るとは、ということなのでしょう。清少納言もかなりへそ曲がりの女性のようですね。

身にしみて大根からし秋の風　　芭蕉

『更級《さらしな》紀行』にある句です。『芭蕉句選年考』に「かの地、からみ大根と世俗にいふあり。その形小さくして、気味至ってからし」とあります。芭蕉も大根はあまり好きではなかったのでしょうか。

粮飯の主役は大根

雪国や粮《かて》たのもしき小家がち　蕪村

『蕪村自筆句帳』にある句です。雪国の人は暮らしをしっかりと守っている。長い冬の間にうろたえないように、小さな家でも粮は十分に蓄えているようだ、と冬ごもりの様を褒めて詠んだ句です。しかし、見方によっては、雪国の人々の苦労がしのばれて、たのもしい、という表現が空々しくも聞こえます。

私は平成十二年から三年間にわたって、日本の伝統食や郷土食の実態を調べるために全国の農山村を見てまわりましたが、米をつくることができない農村が多いことにほんとうに驚きました。岩手県九戸郡軽米町《かるまいちょう》もその一つです。町全体が丘陵で、平坦な場所がなく、したがって水田はつくれず、米を生産することはできないのです。私が会って話を聞いた七十歳過ぎの老農夫は、白米だけの飯なんて数えるほどの回数しか食べた経験がない、と言っていました。

米がつくれない村ばかりではありません。封建時代は、米がよくとれる穀倉地帯の農民でも、米はみな年貢に取られて、米の飯をたらふく食うなんてことは夢でした。おおかたの日本人は粮飯で命を養ってきたのです。

「かてる」というのは「加える」という意味です。米にほかのものをまぜて炊くのが粮飯です。粟、稗《ひえ》、麦、玉蜀黍《とうもろこし》、藷などはもちろん、山菜、野菜、水草、あらゆるものをまぜるのです。その粮の主役が大根です。根も葉もみんな細かく刻んで入れます。軽米でもそうでした。

五穀とは「人間の主食となる代表的な五種の穀類」のことで、普通は、米、麦、粟、黍、稗または大豆をいいますが、米がとれない軽米では昔から粟、稗、黍、大豆そして大根を五穀と呼びならわしてきたそうです。大根は野菜であって、穀物ではない。それなのに五穀の中に入れられたのは、この地方の人々にとって、大根がきわめて重要な「主食」だったからでしょう。

大根が粮の主役であり、また、生産量でも野菜の中でナンバーワンなのは、大根が多くの人に愛されているからではありましょうが、それとともに、大根が時季を問わず、また寒冷、温暖、どんな土地でもつくれるという生産力の強さも大きな原因でしょう。

長い日本人の食の歴史の中で、大根はきわめて重要な役割を果してきたのです。

たびたび引用しますが、『飲食事典』にも、

「日本人はサシミと豆腐と大根の三つさえあれば食膳の貧しさを感ぜず、そして健康長寿を保ち得るといわれる」

と記されています。

蒟蒻

近ごろ、すっかり姿を消したものに「振り売り」「ぼて振り」の人たちがいます。振り売りというのは、品物の名を大声で呼びながら売り歩く人のことです。それらの人々の多くは天秤棒をかついで、それに品物をぶらさげていましたから棒手《ぼて》振りともいったのです。

私の子どものころは、朝夕には豆腐屋のラッパが必ず聞こえてきましたし、浅蜊売りや納豆売りも来ました。昼過ぎには焼き芋屋や「玄米パンのホッカホカ」という呼び声もしました。印象深いのは、「鰯ゃ、鰯や。とれとれの鰯ゃ。手々噛む鰯やで」という鰯売りの呼び声です。

(獲れたての鰯で、まだ元気いっぱいだからうっかりつかむと手を噛まれるよ）というのです。

そんな威勢のいい、なつかしい呼び声を聞かなくなって久しいのですが、これもスーパーやコンビニが普及したせいでしょう。

火鉢を天秤棒でかついで売り歩いている古い絵が残っていますし、大原女《おおはらめ》は薪を頭に載せて、京の町に売りに出かけたし、昔はいろんなものが振り売りされていたようです。

足軽にこんにゃく売りな行きつれそ

槍の先にて刺し身せらるる

室町時代につくられた俳諧撰集の『新撰犬筑波集』（山崎宗鑑編）にこんな句が載っています。（蒟蒻売りさんよ。足軽なんかと同行するんじゃないよ。足軽は気が短くて乱暴者だから、すぐに喧嘩になり、槍で突かれて、蒟蒻と同じように刺身にされちまうよ）

というほどの意味でしょう。蒟蒻まで振り売りされていたのですね。どんな蒟蒻で、またどんなふうに売られていたのでしょうか。

蒟蒻は古く中国から伝わったものといわれていますが、今では本家の中国よりも日本人のほうがずっと多く蒟蒻を食べています。中国や日本以外の国ではあまり食べませんから、わが国のユニークな食べものの一つといっていいでしょう。

栄養的にはほとんど落第生といっていい蒟蒻に、多数の熱烈なファンがいるのは、日本人と蒟蒻の相性がよほどいいのでしょうか。

蒟蒻の成分の九七％は水分で、主成分のグリコマンナンはほとんど消化されず、ビタミンなどの栄養分は僅少です。そんな蒟蒻を、作家の水上勉は「蒟蒻と学問」というエッセイの中で、

「蒟蒻というものは、古今の学者や業者の団体が、研究しつくしても未だに解明し得ない微妙な不可思議な力をもっているということである」

と礼賛しています。よほど蒟蒻が好きだったのでしょう。

水上勉よりもっと明確に蒟蒻の価値を認めているのは、考古学者で「食」についても造詣の深い樋

口清之です。樋口はその著書『梅干と日本刀』の中で、

「こんにゃくは、こんにゃくマンナンという薬物を含んでいて、このマンナンはコレステロール溶解剤である。今日、コレステロール溶解剤として売られているのは、合成マンナンである。合成されたものより、自然のものを食品として摂取するほうが効果的である。こんにゃくを小さいときから食べていることが、高血圧や血管炸裂をどれほど防いでいるか、計りしれないだろう」

と述べています。さらに、

「牛蒡《ごぼう》と蒟蒻を食べている限り、日本人は近代社会の中で最後まで生き残れるだろう」

とまで言い切っているのです。

盛上げられて動く蒟蒻

俳諧連句の付句を集めた江戸時代の『武玉川』に、こんな句が載っています。大きな歓声をあげて煽られ、盛り上げられると、人はだれでも動揺するものです。蒟蒻も皿にたくさん盛り上げるとブルブル動きます。人の動揺をそんな蒟蒻の動きに喩えてひやかしたのでしょうか。

日本の幽霊は、体の前面にそろえて出した両手をブルブル震わせながら出てきますが、その震え方の大きいのを「蒟蒻の幽霊」といいます。また、物や状態がグラグラして安定しないのを「蒟蒻を馬につけたよう」といいます。江戸時代の人にとっては、蒟蒻が動くのがとても不思議に、あるいはおかしく見えたのでしょう。『武玉川』らしい細かい観察のおもしろい句です。

蒟蒻が庶民の食品として普及したのは、江戸時代中期に現在のような製法が発見されてからのことだ、と一般にはいわれています。『武玉川』の初篇が出たのは寛延三（一七五〇）年ですからちょうど同じころで、蒟蒻は当時はやりの食品だったのでしょう。『武玉川』が採りあげるには格好の素材だったのだろうと思います。

蒟蒻の変わり種としては「氷蒟蒻」があります。蒟蒻を一度煮て適当な大きさに切り、夜間、戸外で凍らせ、日中天日に干す繰り返しを一か月間つづけて作る面倒なものですが、普通の蒟蒻とはまったく違った風味で、よく食べられました。次の句はその氷蒟蒻を詠んだものです。

氷らする蒟蒻に撒く寒の水　孤城

もっと変わり種があります。現在、蒟蒻の名産地として知られる群馬県の下仁田町を数年前、取材のために訪れたことがあります。そのときにはじめて知ったのですが、蒟蒻でつくられた「マンナンパン」や「コンニャクヤキソバ」「コンニャクサラダ」などが新商品として人気があるとのことでした。日本人はよくよく蒟蒻が好きなのですね。

狸汁の謎

蒟蒻がわが国に伝えられたのは平安以前のかなり早い時期ですが、はじめは精進料理の食材として僧侶の間で、よく食べられていました。

鎌倉時代、禅宗寺院で点心としてよく出された「糟鶏《そうけい》」という料理があります。蒟蒻をタレ味噌で煮たものです。鶏という字を用いていますが、禅宗の精進料理ですから獣肉を使うはずがありません。蒟蒻の食感が野菜というよりは、肉の感じに近いのでわざとこんな名前をつけたのでしょう。

宗教のタブーで獣肉が食べられないからせめて名称だけにでも、という僧侶たちのせつない気持ちがこもったネーミングだと思えば、おかしいやら、気の毒やら、ですね。

「擬製料理」というそうですが、他にも例はいくつかあります。

「雉焼《きじ》き」もそうです。雉焼豆腐のことで、六センチ四方の豆腐に塩をつけて焼き、燗酒をかけたものです。雉肉はまったく使っていません。「鴫焼《しぎ》き」もそうです。茄子を油でいためて、味つけ味噌をつけたもので、鴫の肉などは一切れも使っていません。

こんな笑い話もあります。徳川五代将軍綱吉のころ、江戸城に伺候した護持院の住職隆光が昼飯時になって、賄方《まかないかた》から「何にいたしましょうか」と注文を訊かれ、「うん、狸汁がいいな」と答えた。

驚いたのは賄方です。綱吉将軍は「生類憐《しょうるいあわれ》みの令」を出したほどで、動物の殺生を固く禁じた人です。その綱吉の信頼厚い隆光が狸汁とは！　第一、隆光自身が殺生禁断の僧侶の身ではないか、と仰天したのです。

あわてている賄方の様子を見て笑い出したのは隆光のほうです。

「勘違いするでない。狸汁とは蒟蒻の味噌汁のことじゃ」

と説明して、賄方を安心させた、というエピソードが伝わっています。

蒟蒻は普及するにしたがい、食用以外にもさまざまに用いられ、重宝されました。次の歌と俳句はその用途の一つを歌ったものです。

わが腹にあてし蒟蒻あたたかくほのぼのとしてかなしきものを　　前田夕暮

しぐるるやこんにゃく冷えてへその上　　正岡子規

納豆

毀誉褒貶《きよほうへん》はどんなものにもつきものですが、納豆も例外ではありません。納豆は日本人の嗜好にぴったりの、しかも健康食品の代表みたいな優等生の食品で、これの悪口をいう人がいるとは私なんか想像もしませんでしたが、やはりいたのですね。

それも普通の人ではありません。『養生訓』などで知られるあの貝原益軒です。長崎で医学などを学び、黒田藩の藩医として重んじられた人で、江戸時代におけるヘルシー学のリーダーといってもいい人物です。その益軒が名著といわれる『大和本草《やまとほんぞう》』の中で、

「納豆ト云物アリ、大豆ヲ煮熟シ、包テカビ出、クサリテネハリ出来、イトヲヒク」

と紹介し、これを食べると、気はふさぐし、内臓は調子が悪くなる。こんな古くて腐ったようなものは決して食べてはならないよ、と戒めているのです。驚きましたが、納豆を敬遠しているのは貝原益軒だけではないようです。

私はかつて納豆について取材したことがあり、全国納豆協同組合連合会の高星進一会長にも会いました。そのとき高星会長から頂戴した『納豆沿革史』という本があります。この本の中に「俳句に詠まれた納豆」というページがあって、十七の俳句が載っています。

蕪村からはじまって一茶、其角、子規、虚子、漱石など著名な人が納豆を詠んだ俳句が紹介されているのですが、芭蕉の句が一つもない。著者だって一生懸命調べたことでしょうし、芭蕉の句があって載せないことはない。多分、一句もなかったのでしょう。芭蕉は大嫌いだった河豚の句でもいくつか詠んでいますから、納豆の句を一句も詠まなかったのは納豆を軽蔑、無視していたのではないか、と推測されます。残念なことです。

で、納豆の名誉のためにも、と『納豆沿革史』に紹介された俳句を全句お伝えします。

朝霜や室の揚屋の納豆汁　蕪村
納豆と同じ枕に寝る夜かな　一茶
歌ふて曰く納豆売らんか詩売らんか　子規
椀の湯気額の湯気や納豆汁　梅室
納豆や飯たき一人僧一人　子規
納豆汁も富みて嗜めば奢哉　虚子
砧つきて又の寝醒や納豆汁　其角
大根の礼に寺から納豆かな　葦風
尼寺や萩折り焚いて納豆汁　六花
鱈時分納豆好む爺かな　漁壮
夢人の裙を摑めば納豆かな　嵐雪

頂くや御法《ごほう》の後の納豆汁　碧童
行脚せば振舞ひうけん納豆汁　句佛
納豆を檀家へ配る師走かな　漱石
しみたれと言はれ本所の寺納豆　白山
俳諧を悟れば納豆甘きかな　観魚
親の名に納豆売る子の憐れさよ　漱石

アジアの食文化の特徴の一つとしてよく挙げられるのが大豆の利用法です。大豆の栽培は、これも中国から伝えられたものですが、大豆の祖先種である蔓豆《つるまめ》は日本に古くから自生していました。今日、大豆の生産量はアメリカが世界一ですが、アメリカ人が大豆を知ったのは、幕末に来日したペリーが日本から持ち帰った大豆によってでした。ヨーロッパに大豆を伝えたのも日本です。大豆は日本の穀物といってもいいのではないでしょうか。

とすれば、日本で大豆の利用法が他国に例を見ないほど、開発されているのも不思議ではないのです。納豆のほかにも、豆腐、味噌、醤油、湯葉など、私たちは実にさまざまに工夫して長年、大豆を食べ続けてきたのです。それらの中でも、納豆は特にユニークな食品です。

食品の起源には、おもしろおかしい伝説がつきものですが、納豆には八幡《はちまん》太郎源義家が登場します。八幡太郎は平安末期の武将で、「前九年の役」「後三年の役」で活躍した人です。

「後三年の役」のときのことです。義家の軍が平泉付近で小休止し、食事の用意のために大豆を煮ていると、突然敵が来襲した。義家は直ちに部下を指揮して応戦したが、そのとき、煮えたばかりの大豆を手近にあった藁の俵の中に入れておくように命じた。敵を追いかけて戦闘を続け、数日後戻ってみると、藁の俵の中に入れておいた大豆は、藁に含まれている納豆菌によって発酵し、糸を引く納豆に一変していた、という話です。

納豆の起源については、ほかにも諸説がありますが、この八幡太郎の話が一番おもしろい。

納豆がきわめてすぐれたヘルシー食品であることは改めて言うまでもないからここでは略しますが、単にヘルシーである以上に、もう一つ素敵な効能があることをお伝えしましょう。

東京農業大学教授の小泉武夫氏とは二十年来の知己で著書もよく頂戴しますが、数年前にいただいた『納豆の快楽』という本には、次のようなことが書かれてありました。

「亜鉛は〈セックスミネラル〉ともいわれるように、男性の精液中の精子をつくるのにも非常に重要な役割を担っている無機質なのであります。最近、日本人の青年男子の精液一cc中の平均精子数は一億を切り、ある調査では八〇〇〇万ともいわれていますが、これを今から三〇年前の数値と比べてみますとその当時は一cc中一億一〇〇〇万個で何と三割も減っているといわれています。（中略）もっともっと日本の若者は、日本の伝統的な食文化を見直して、この民族に合った食べものを大切にしたいものです」

現在のような極端な少子化は国家の衰退を招くもので、これを防ぐにはセックスミネラルの亜鉛を多量に含む納豆をたくさん食べることだ、というのが小泉教授のアドバイスなのです。

焼き藷

ほのぼのと壺焼薯《つぼやき》を食へる女らのその太平にわれも交《まじ》らむ　山下陸奥

人間は、世が下るにつれて図々しくなるものだな、ということを焼き藷で学びました。

焼き藷は「焼いたさつまいも」と『大辞林』にもあるとおり、薩摩藷に限ります。じゃがいもや里藷など他の藷ではダメなのです。どうしてなのでしょうかね。薩摩藷が日本に伝えられたのは、慶長二（一五九七）年。神事に使われた里藷と違って、こちらは飢饉や凶作に対する救荒作物として利用されたのです。青木昆陽が『蕃藷考』を書いてくれたおかげで有名になり、薩摩藷はやがて江戸にも進出するようになります。

その薩摩藷を焼いて食わせる焼き藷屋が江戸に出現したのは寛政五（一七九三）年だとちゃんと記録に残っています。本郷の木戸番が焙烙《ほうろく》で蒸し焼きにしたものを売り出したのです。非常にうまいというので、たちまち江戸中の評判になったのですが、焼き藷屋の木戸番のほうも気をよくして、「八里半」と書いた行灯を看板に掲げたそうです。栗（九里）に近い、というシャレですね。救荒作物だなどといわれますが、味だってまんざらでもないでしょう。栗に及ばずといえども遠からずですよ、とPRしたもので、まあ穏当な表現でしょう。

ところが、人間はすぐ増長するもので、何年か経つうちに「八里半」が「十三里半」に変わりました。九里＋四里の十三里よりもっとうまいぞ、という意味です。

この増長慢の報いが来たのでしょうか。近ごろは、焼き藷屋さんもさっぱりの景気のようです。

さびしき時石まぜ合はせ焼藷屋　　林翔

客が来なくて手持ち無沙汰の焼き藷屋が、釜の中の焼け石を所在無げにかき回している光景を詠んだものでしょう。最近は、栗よりうまいものもたくさんありますからね、焼き藷屋が手持ち無沙汰になるのも仕方ありません。

太平洋戦争の敗戦直後、日本は空前の食糧危機に襲われました。このとき、もっとも活躍したのが薩摩藷です。配給の食糧ではガマンできない国民は家族総動員で買出しに出かけました。警視庁経済警察部の調べによると、昭和二十年の秋には東京都民は一日に平均百万人が買出しに出かけ、その六割が薩摩藷の買出しだったとのことです。薩摩藷はやはり救荒作物としての使命が一番大きかったようですね。

餅を搗く人

餅搗のうからやからや土間板間　松根東洋城

餅というものを食べたことのない人は、世界中では何億人といることでしょうが、日本人では一人もいないでしょう。餅に触れずに日本の食文化史を語ることはできません。

と、大きく言ってみたものの、実際に自分がどれだけ餅を食べているかを振り返ってみると、赤面せざるを得ません。

餅の本命はなんといっても雑煮に入れるあの白い餅でしょう。牡丹餅、柏餅、草餅、桜餅など餅と呼ばれているものはいろいろありますが、「糯米《もちごめ》を蒸して、臼で十分粘り気が出るまでつき、丸めたり平たくのしたりして食べる物」（『大辞林』）という定義からすれば、牡丹餅などは団子の仲間に近いでしょう。

あの白い、ほんとうの餅を正月以外にもしばしば食べている人は、今の日本にどれくらいいることでしょうか。

私は甘いものは苦手なものですから、牡丹餅、柏餅、桜餅のたぐいは食べません。したがって、口にするのは白い餅だけで、それは正月に限られます。大学時代、そして大学を出てからサラリーマンになっても私はずっと東京で独身生活を送っていましたが、正月には大阪にいる両親のもとに戻って、新しい年を祝うことにしていました。

したがって、私における餅の特徴は親兄弟や親戚たち、すなわち「うからやから」といっしょに食べることです。一人で餅を食べたことは一度もありません。

東洋城のこの句を見ると、昔は、餅は「うからやから」といっしょに食べるばかりではなく、ともにつくるものでもあったことがわかります。

今では、ことに都会では、餅を自宅で搗くということはほとんどなくなりました。鏡餅でも伸《の》し餅でも米屋とかスーパーなどから買ってくるのが一般でしょう。

核家族化が普遍し、さらに少子化が進行した今日では、自宅で餅を搗こうとしても、その搗き手がいません。大人の男は父親一人というのでは、力が足りませんね。

たのみたる餅つきあがり重ねればゆたけきごとし来む正月は　（籬雨荘雑歌）筏井嘉一

この歌の作者もよそに頼んで餅を搗いてもらっています。餅を食べることが少なくなった以上に、餅を自分の家で搗く人は激減しているはずです。餅を搗いた経験のある人は、都会では数えるぐらいしかいないのではないでしょうか。

厚かましいのを承知の上で、ちょっと自慢話をさせていただきます。私はその数えるくらいの餅搗き経験者なのです。それも、一度や二度というのではなく、この十五年ばかり、毎年大晦日には杵を振り上げて餅を搗くというめでたい仕事をつづけているのです。

銀座六丁目の表通りに「くのや」という江戸時代からつづいている老舗の和装小間物問屋がありま す。この店で毎年、大晦日に餅搗き大会をやる。歩道の端に臼を据えて、何斗もの餅を搗き、往来の人に振舞うのです。今ではすっかりおなじみになって、大晦日の銀座名物の一つです。餅を搗くのはもちろん本職の職人ですが、飛び込みの人も何人かいます。

私も飛び込みの一人です。「くのや」の先代のご主人と私の義父とが親しかった関係から、私も今のご主人と昵懇《じっこん》にしており、そんなご縁で飛び込みの餅搗きが恒例化したのです。

餅を食べるのは正月だけ、と先に書きましたが、これも東京や大阪など大都会に限られたことで、戦前の地方の町村では、正月以外にも餅を搗いて、祝い膳に供えたり、近所に配ったりする習慣がありました。

明治の初めに刊行された『俳諧開化集』（西谷富水編）は俳諧連歌二十九巻を収めたものですが、その中に、

月にそなえた餅くばる也
まだ絹も常の直《ね》ならぬ景気にて

という句があります。絹の値段も普段の相場よりはうんと高く景気もいい、そのお裾分けでお月見に供えた餅をその翌朝、近所にくばって歩く、ということでしょう。

月見ばかりではなく、お七夜にも親戚や隣近所に餅を配る習慣のある地方は少なくありませんでした。ほかにも、棟上げのときに、餅を撒く習慣も広く行なわれていました。人が死んで七十七日目を忌明けとし、ぼた餅をつくって近所にくばる、という習慣も広く行われていました。そのぼた餅の日までは身をつつしまねばならぬ、というのが未亡人の戒めだったのですが、戒めを破る未亡人ももちろんいたようです。次の川柳の「餅」はそのぼた餅のことです。

貞女をば餅つくまでにやったとて

餅はこのように正月以外にも、搗かれ、食べられていたのです。

しかし、こうした習慣も地方町村の都市化現象にともなって、だんだん廃れてきました。社会の変化が食文化を大きく変えることのこれも一つの好例といえるでしょう。

餅のはじまり

酒一斗のみにし人も物かはとかみこなしたる餅は太白

こんな狂歌があります。作者は竹杖為軽《たけつえのすがる》。本業は蘭学者です。もちろん、杜甫の「李白一斗詩百篇」を踏まえたものです。大酒を飲んでたくさんの詩をつくったと自慢している中国の詩人がいるが、こちとらはあいにくと下戸。酒は飲めないからその代わり、餅を噛み砕きながら詩をじゃんじゃんつくってみせよう、と奇妙な対抗心を歌ったものです。上戸は酒、下戸は餅、というのは江戸時代の決まり文句だったのでしょうか。

餅を焼く匂ひで上戸いとま乞

という川柳もあります。年始に来た上戸の客が酒を出されるならもう少し話しこんでもいいが、餅を食わされてはたまらん、と退散するという句です。私も子どものころは餅が大好きでしたが、酒を飲むようになってからは餅と縁遠くなりました。

たしかに、酒一斗を飲むよりは一斗の餅を嚙み砕くほうがたいへんでしょう。

「餅は世にもめずらしいテクスチャー（歯ごたえ）の食物である。餅の粘りとカツオ節の固さは日本食品の二大珍テクスチャーといっていいと思うのだが、餅のように粘りの強い食べものはちょっと世界にも類例をみない」

と食品生化学者の大塚滋氏は著書『日本たべもの事始』の中で言っています。そうか、餅もそんなに風変わりな食物だったのか、とあらためて日本の食文化のユニークさを考えました。では、そんな餅をわれわれの祖先がどんなきっかけからつくり出したのか、というと「旅」だったのですね。旅行用の携行食だったのです。

家《や》にあれば笥《け》に盛《も》る飯《いい》をくさまくら旅にしあれば椎の葉に盛る

という歌が『万葉集』にありますが、旅先で変わるのは器ばかりではありません。着るものも変われば、食べるものも変わります。保存がきくもの、そして持ち運びに都合のいいものが旅行用の食の第一条件でしょう。

平安朝の貴族たちは、普段は糯米の玄米を食べていました。それも水を加えて炊くのではなく、蒸して食べるのです。栄養的にはいいかもしれませんが、決しておいしいものではありませんね。ことに、蒸したての熱いものならまだしも、冷えたのはボロボロになって箸ではつまめません。それで、携行用には、蒸したての玄米を力いっぱい握って団子状にして持っていくのです。つまり「おにぎり」。これが餅の原点です。

しかし、いくら固く握っても所詮おにぎりはおにぎり、しかも玄米ですからそんなには長く保《も》ちません。そこで、蒸した玄米を臼で搗いて固め、乾燥させて、さらに日保ちをよくしました。これが餅の起源です。旅行に「持《も》ち行《ゆ》く飯《いひ》」だから「持《も》ち飯《いひ》」。これがつまって「もち」になったのです。

語源というものにはたいてい諸説があるものですが、餅も例外ではありません。「モチ」は「持ち」ではなくて「保《も》ち」だという説もあります。新幹線や飛行機のない時代の旅行はちょっとしたところへ行くにも日にちがかかります。二、三日で腐ってしまうような食品は旅行用には向きません。旅行用の食にもっとも要求されるのは「持ち」やすいことよりも「保ち」がいいことだ、というのです。これももっともな意見ですね。

さらに、このほかにも、「モチ」は「持ち」でも「保ち」でもない。「望」だ、という学者もいます。餅は丸いから「モチ」というのだ、「モチ」は陰暦十五夜の別名である「望月」の「モチ」なのだ、というのです。どれが正しいのでしょうかね。

なぜ餅は丸いのか、ということについても諸説があります。奈良時代に書かれた『豊後国風土記』に、ある長者が餅を的にして弓を射たところ矢がささった餅は白鳥となって南の空へ飛び去った、という話があります。この話を例に出して、的にするためには丸くなくてはならないから、餅は丸いのだ、というのですが、これは話の順序が逆ではないでしょうか。

日本民俗学の創始者といわれる柳田国男に『食物と心臓』という著書があります。これによると、餅や握り飯の形は、人間の心臓を模したもので、それで丸いとのことです。昔の日本人は心臓を現在のいわゆるハート形ではなく、まん丸いものだと考えていたのだそうです。

歌人にして国文学者でもあり、また民俗学者でもある折口信夫は「餅＝霊魂」説を説き、餅が霊魂であるという考えに立つ限り、餅が丸いのは必然なことだ、と言っています。「タマシイ」「ミタマ」などというように、霊魂は昔の日本の言葉では「タマ」なのです。そして「タマ」は丸いものなのです。

鏡餅はもちろん丸いし、雑煮に入れる餅も関西では丸餅です。

丸いといっても、餅の丸さはのっぺりした丸さではない。真ん中の部分がすこし盛り上がっています。当然、その盛り上がったほうが上で、丸餅は上下がはっきりしています。その点、切り餅は上下の区別もない、あいまいな餅だ、と悪口を言っていたら、切り餅にも上下がちゃんとあることを古川柳に教えられました。

　　のし餅はござ目がついたほうが裏

という句があります。伸し餅は長方形に平たく伸ばした餅でこれを切って切り餅をつくるのです。伸し餅をつくると、筵を敷いてその上に置いて冷ますのが昔からの習慣ですから、出来上がった伸し餅には片面に筵の編み目の痕がついています。こちらが裏ということになるのだ、と川柳子は教えているのです。「のし餅もよくよく見れば裏表」という句もあります。何事もよくよく見ることが肝要ですね。

河豚と芭蕉

鯛を詠まぬ俳人はいても、河豚を詠まぬ俳人はいない、といわれます。たしかに、とりすました鯛にくらべると、河豚の姿は俳諧味に富んでいます。猛毒をもっているという、尋常でないところも、考えようによっては俳味といえるのではないでしょうか。河豚の俳句といえば、

あら何ともなや昨日は過ぎて河豚汁《ふぐじる》　芭蕉

の句をだれでもまず思い浮かべることでしょう。芭蕉にはこのほかにも河豚を詠んだ句がいくつもあります。それにもかかわらず、私は、芭蕉はひょっとしたら生涯、一度も河豚を食べたことがないのではないか、という疑いを捨て切れません。この「あら何ともなや」の句も、芭蕉が河豚を食べた実体験を詠んだものではない、と思います。

新潮日本古典集成の『芭蕉句集』(校注・今栄蔵)でも、この句について、

〈謡曲『芦刈』の「あら何ともなや候。……昨日と過ぎ今日と暮れ」をふまえ河豚を食ったときの人情の機微をおかしく詠んだ。「何ともなや」は謡曲の原意「困ったことだ」を「無事」の意にもじった〉

と解説しています。一般的な「人情の機微」を詠んだのであって、作者の個人的体験を詠じたのではない、という解釈です。河豚を詠んだ芭蕉の句で、有名なのはもう一つ、

河豚汁や鯛もあるのに無分別

というのがあります。また、

ふぐ汁やあほうになりとならばなれ
兄弟のくすし憎むや河豚汁

などの句もあります。どれも河豚を遠ざけている句で、河豚を食ってうまかった、というようなのは一つもありません。芭蕉が四十二、三歳のころ、近所の人たちから河豚汁会をやるから来ませんか、と誘われたのに対する芭蕉の返事の書簡が残っています。

「かたじけなくは存じますが、残念ながらお相伴はいたしかねます。でも、せっかくのお誘いですから会には参りましょう。そして、皆さんの河豚の食いっぷりをとくと拝見いたしましょう。私のためには河豚は食べませんから雑煮をつくっておいてください」

失礼な返事ですね。よくよく河豚が怖かったのでしょう。芭蕉が一生河豚を食わなかった、という私の推測はまんざら的外れでもないと思います。

河豚は毒魚ではない

平成十六年五月十二日付の朝日新聞に「無毒フグ肝　ふくらむ夢」という大きな見出しの記事が載っています。長崎大学の野口玉雄客員教授らの研究グループが、トラフグのキモの無毒化に成功した、という内容です。この記事を読んだ人の大半は驚いたに違いありません。しかし、河豚が本来、無毒の魚ではないか、という研究はかなり以前から進められていたのです。

名古屋大学農学部の赤沢堯氏が昭和六十三年十二月号の「図書」(岩波書店)に、

「五年も前のことになるが、朝日新聞が、フグはフグ毒を持つハナムシロ貝を餌にして食べて体内にこの毒を蓄積するのではないかという研究のことを報じていた」

と書いていました。河豚は本来は無毒の魚だが、餌から毒を吸収し、それを蓄積して毒魚になった後天的毒魚であって、マムシや毒蛾のように生来的な有毒動物ではない、というのです。

『海洋動物の毒』(塩見一雄、長島裕二)にも、

「東京大学の松居隆博士らは、孵化させたクサフグをコンクリート水槽にいれ、毒を含まない配合飼料で飼育しました。このコンクリートプールで成長したクサフグは、普通もっとも高い毒性を持つことで知られている肝臓でも毒性は認められませんでした」

という記述があります。長崎大学の研究グループがトラフグの無毒化に成功したのもそれほど驚くことではなかったのです。

しかし、へそ曲がりを言うようですが、私はこのニュースを全面的な朗報として受け止めることはできませんでした。

河豚の毒は河豚の欠点ではなく、魅力の根源なのではないか、とかねて思っていたからです。人間にとって、危険は必ずしもマイナス要因ではありません。危険をあえて冒すこと、冒険はある種の人間にとってはきわめて魅力的な行動です。

雪の河豚万魚の上に立たんとす　蕪村
鰒食はぬ奴には見せな不二の山　一茶

など、河豚を絶賛した俳句はたくさんありますが、これも河豚が危険をはらんだ魚だからではないでしょうか。

「ふぐ汁のやうなものだと妾を見」という江戸川柳があります。妾の魅力は彼女の若さや美貌や閨房におけるテクニックなどにあるのではない。妾を持つ、という人の道にはずれた危険な行為そのこと自体にある、危険だからこそ楽しい、おもしろいのだ、というわけです。この川柳に拍手を送りたい私としては、トラフグの無毒化を単純に朗報とはいいたくないのです。

河豚と日本人

魚を食うことは、日本の食文化の一大特徴ですが、中でも河豚食はきわめて特異な例といっていいでしょう。世界で河豚を食うのは、中国と朝鮮半島の人々と日本だけですが、中でも日本人の河豚への気の入れようは格別です。

日本の食物のほとんどは中国や南方からの渡来物ですが、河豚だけは違うようです。

ピラミッドの周辺に古代エジプトの王族や貴族たちの墳墓があり、そこにいろんな壁画が描かれていますが、その中に河豚と思われる魚が描かれており、それが世界最古の河豚だろうと思われてきました。ところが、日本で出土した二万年前と推測されるいろいろなものの中にマフグの骨が発見され、われわれの祖先は二万年前から河豚を食ってきたのではないか、といわれています。日本人の河豚好きはほんとうに大昔からだったのです。

『日本書紀』に名前が出てくる魚は十種類しかないそうですが、その中に河豚はちゃんと入っています。昔の日本人も河豚を珍重していたことがわかります。

その反面、河豚食に対する禁令もきびしく、これも世界の食物禁忌の特異な例です。肉食を禁じた精進料理がそうであるように、食物禁忌のほとんどは宗教上の理由によるものです。しかし、河豚の場合は違います。
江戸時代、武士は河豚を食うことを固く禁じられましたが、その理由は、武士の命は主君に捧げたものであるから、その命を河豚を食って落とすなどということは不忠の極みである、という「忠義」の論理によるものでした。だが、そんな支配者の勝手な理屈に基づく禁忌がどこまで忠実に守られていたかは疑問です。

鰒汁や侍部屋の高寝言　一茶

一茶は徳川十代将軍家治の時代の人です。江戸時代もこのころになれば、太平に慣れた武士たちは「わが命は主君のために」などと殊勝なことは考えなくなったのかもしれません。侍部屋で鰒汁大会をやってみんな大満足。大きな声で気楽な寝言を言っていたに違いない、と皮肉を言っているのです。私も一茶に同感しますね。こんな狂歌もあります。

命こそ鵞毛に似たれなんのそのいざ鰒食ひにゆきのふるまひ　唐衣橘洲
（命なんて鵞毛のように軽いものだよ。河豚で命を落としてもどうということはない。さあ、これから友だちがおごってくれるという河豚を雪の中、食いに行こう）

蜜柑の先祖は橘

植物にもランキングがあります。いい例が「松・竹・梅」でしょう。だれが何を根拠に決めたか知りませんが、これは、オリンピックにたとえるなら、松が金メダル、竹が銀メダル、梅が銅メダル、ということになっています。では、植物の中では、松がいちばんエラいのかと思うと、そうではない。さらに上があるのですね。

三分法というのがあります。「大・中・小」とか「上・中・下」などと物事を三つに分けて評価する見方です。便利だからよく用いられます。「天・地・人」なんてのもあります。オリンピックのメダルの「金・銀・銅」も日本の「松・竹・梅」もそうです。

三分法もいいのですが、人間って欲張りですから、もう一つ上が欲しい、上になりたいという欲張りな人もいるのですね。そこで、飲食店でも、

「トンカツ、特大一丁!」

「特上定食二人前!」

などという一ランク上が出現するのです。「大・中・小」のさらに上が「特大」、「上・中・下」のもう一つ上が「特上」というわけです。

では「松・竹・梅」の場合はどうなのでしょう。松の上だから「特松」とでもいうのかと思ったら違いました。「橘」というところが多いようです。鮨屋でも一人前の「握り鮨」に「松・竹・梅」がありますが、さらに一ランク上のを頼むと、

「へーい、橘一丁！」

という返事が返ってきます。「特大」「特上」にあたるのが「橘」なのです。

この「橘」が蜜柑のことなのです。「橘」は辞書には「柑橘類の総称」なんて説明がしてありますから、「あら、だったらオレンジやレモンのほうが素敵じゃないの。蜜柑なんて柑橘類の中では下っ端のほうでしょ」などという若い女性もいますが、大違いです。蜜柑こそ柑橘類の代表であり、果物の王様なのです。『たべもの語源考』（平野雅章著）の「みかん」の項には、

「ミカンの『カン』は『柑子』の柑で、甘い木の実を意味し、さらに美味上品のものを美称して冠した『蜜』は梵語『波羅蜜』の蜜で、最上位を意味します」

と書かれています。「最上位」なのですよ、蜜柑は！

日本に帰化した新羅の王子、天日槍《あめのひぼこ》の玄孫《やしやご》にあたる田道間守《たじまもり》という人がいました。非時香菓《ときじくのかぐのこのみ》（年中香り高い果物）を探すように、との垂仁天皇の命を受けて海を渡り、常世の国でやっと目的の果物を見つけて日本に持ち帰ったのですが、日本を出発してから十年も経っていたため、垂仁天皇は亡くなっていた。田道間守は天皇のお墓に参って非時香菓を供え、号泣しました。だが、あまりにも激しく長く泣き続けたため田道間守もその場所で絶命するという悲劇になってしまったのです。

このことを知った人々は、田道間守の忠誠心を顕彰するために、彼が持ち帰った非時香菓に「タジ

マモリ」にちなんで「タチバナ」という名をつけました。このタチバナ、漢字で書くと「橘」が蜜柑の先祖なのです。

蜜柑という名がつけられたのはずっと後世のことで、『看聞御記《かんもんぎょき》』に、ある人が応永二十五（一四一八）年に、室町殿に蜜柑一籠を贈った、という記録が記されています。文献に見られる最初の「蜜柑」はこれです。

橘の花散る里の時鳥片恋しつつ鳴く日しぞ多き

『万葉集』巻八にある大伴旅人の歌です。妻に先立たれた悲しみを時鳥に託して歌ったものです。このほかにも、「橘」が出てくる歌はいくつかありますが、万葉時代に「橘」と呼ばれていたのは蜜柑のことなのです。残念なのは、この時代の橘は香も高く、花も美しかったが、果実はそれほどおいしくなかったのでしょう。橘の美味を歌った歌は見あたりません。

その後、改良が重ねられて、香ばかりでなく味もとびきりおいしいものになり、「蜜柑」の名がつけられるようになったのです。蜜柑は柑橘類の代表といってもいいのではないでしょうか。

現代でも、蜜柑の意味で「柑橘」という言葉を用いる歌人もいます。

葉ごもりに青果を垂れて柑橘は熟《う》れづく前の重さに堪へゐる

歌集『双飛燕』に収められている四賀光子の歌です。ここでいう「柑橘」が蜜柑を指していることはいうまでもありません。

蜜柑は今では、生産量も多く、値段も安く、もっとも大衆的な果物とされていますが、それはつい近年のことです。夏目漱石の『三四郎』で三四郎がインフルエンザにかかって寝ているところへよし子が見舞いに来ますが、そのときに持ってくるのが蜜柑です。私の若いころ、病気見舞いには卵が喜ばれました。鶏卵一ダース入りのケースをうやうやしく持っていったものです。今時、十個ぐらいの卵を病気見舞いに持っていったら笑われるでしょう。

蜜柑も卵と同様、今日では、病気見舞いにもなりませんが、漱石の時代には立派な見舞い品だったのです。

累々と徳孤ならずの蜜柑かな

漱石にはこんな句がありますが、私にはよく意味がわかりません。どういうことを詠んだのでしょうかね。

蜜柑と一家団欒

現在、日本の蜜柑を代表するのは温州《うんしゅう》蜜柑です。

農林水産省の調べでは、温州蜜柑の生産量、集荷量ともここ数年は愛媛県が全国一で、その愛媛県の中でもＪＡ西宇和が最大の生産量だとのことです。天皇賞を二度受賞しているそうです。その愛媛県西宇和に出向いて、蜜柑栽培の実際を二日間にわたってじっくり見学する機会に恵まれました。

愛媛県の西南部、九州に向かって突き出している佐多岬半島、その基部にある八幡浜市などが西宇和です。このあたりは、年間降水量が一六〇〇ミリと全国平均より二〇パーセントも少ない。水を嫌う蜜柑には最適の気象条件なのです。傾斜地が多いので、ほとんどの蜜柑畑が段々畑になっているのですが、これも太陽の光をたっぷり浴びる、ということで、蜜柑の栽培にはいい条件なのです。私が西宇和を訪れた年の愛媛の温州蜜柑のキャッチフレーズは、

「三つの太陽のしずく」

というものでした。第一は、直接の太陽光。次に、段々畑の石垣に反射してまばゆいくらいに光る太陽の光。そして目の前の海面にはねかえって輝く太陽。この三つの太陽がもたらした恵みのしずくが愛媛の温州蜜柑だ、というわけです。

また、この年は大豊作の上、蜜柑の質も上々で、百年に一度のあたり年だ、とのことでした。しかし、蜜柑農家の人たちの表情は必ずしも明るくありませんでした。私は、小林一茶の「上々のみかん一山五文かな」という句を思い浮かべました。そして「豊作貧乏」という言葉も。

かつてわが国の果物の消費量のトップは林檎でした。それを蜜柑が追い抜いて、一時は首位の座を占めたのですが、またまた首位を奪い返されたようなのです。

近年の状況をみますと、蜜柑の消費量は昭和五十（一九七五）年に国民一人あたり年間一九キロだったのが、平成十年には五・八キロと三分の一以下に減っている。それにくらべて、林檎のほうは、昭和五十年の六・一キロが平成十年には八・一キロに増えているのです。

蜜柑の消費量が急減した理由を農民作家の山下惣一氏は著書『農から見た日本』で次のように分析しています。

「みかんは一家団らんの象徴でした。家族が揃ってコタツを囲み、みかんを食べながらお喋りをする、あるいはいっしょにテレビを観る。このような暮らしが昭和五十年ごろまではあったんですね。おそらくは日本人が長い間理想としてきた家族観であり、もっといえば『しあわせ』のイメージそのものだったのではないでしょうか。みかんこそはそのシンボルだったのです」

その一家団欒がなくなったことが蜜柑の消費量を減らした大きな理由ではないのか、というのです。たしかに納得できる言葉です。

紀伊国屋と元禄時代

蜜柑といえば紀伊国屋です。紀伊国屋文左衛門と蜜柑を歌った小唄を一つ。

江戸さして　行くに行かれぬ波風に　命の綱とあの白帆　骨が折れよがくだけよが　二つ腕《かいな》にやっしっし　漕ぎに漕いだる蜜柑船　味は紀州よ名は紀文　男は度胸じゃないかいな

蜜柑は日本を代表する果物であり、味も甘く、やさしい。しかし、紀文が蜜柑にこれほどの情熱をそそいだのは、もっと強い理由があったのではないでしょうか。

わが国にはめでたい食物を撒いて人々に福を分ける、という習慣があります。家を新築するとき、棟上げにあたって棟梁が新しい棟の上から餅を四方にばらまくのなどは、その代表的なものでしょう。節分の豆撒きもそうです。

蜜柑もそのようなめでたい食物の一つなのです。

江戸時代には、商家では年末に蜜柑をばらまいて縁起を祝う習慣がありました。撒かれた蜜柑は道に落ちて転がりますが、道行く人々はそれを拾って持ち帰る、あるいはその場で食べるのです。

撒く蜜柑が少なければ、あの家はケチだとすぐに評判になりますから、数惜しみをするわけにはいきません。そのために、年末には江戸では蜜柑の需要がたいへん多かったのです。

いや、江戸ばかりではありません。蜜柑を撒く習慣は全国各地にありました。蜜柑は「撒く果物」なのです。だから、

紀の国屋みかんのように金をまき

というような川柳が詠まれるのです。

金と灰吹きは溜まるほどきたなくなる、金持ちほどケチなものだ、といわれますが、元禄の豪商たちは違いました。中でも紀文、奈良茂の金の使いっぷりは見事でした。隅田川の舟遊びに紀文は何百という数の金蒔絵の盃をつくらせ、上流からそれを川に流すという派手な遊びをやっています。争ってその盃を取ろうとする他の舟の人々の様子を見て楽しんだのです。

一分金を大枡に山盛りにし、それを撒いて女たちに拾わせたりもしました。そんなふうにして、もうけた金を片っ端から蕩尽《とうじん》し、最後は淋しい生涯を終えるのですが、そんな紀伊国屋の乱行振りを詠んだのがこの川柳なのです。

年末の前にも、蜜柑撒きの特別な日があります。旧暦十一月八日は京都伏見の稲荷神社で「御火焚の祭」が行なわれます。神社に倣って一般民家でも行ないますが、ことにふだん火を使って仕事をしている鍛冶屋や鋳物屋の人たちは「踏鞴祭《たたらまつり》」とか「鞴祭《ふいごまつり》」といって、盛大にお祝いします。職人た

ちは集まって大酒盛りをし、宴の場所から道路に向かって蜜柑をばらまくのです。

このように、蜜柑は食べものである前に、信仰の対象だったのです。私の子どものころも正月には必ず蜜柑を食べるもの、食べないとバチがあたる、といわれたものでした。単なる食べものだったら、食べなくてすませることも可能でしょうが、縁起物となるとそうはいきません。どんな高値でも買わないわけにはいかないのです。

紀文が江戸へ向けて蜜柑船を仕立てたのは、紀州蜜柑が大凶作で値段が暴騰した年でした。八万五千籠の蜜柑を積み、荒天の太平洋に向かって出発したのです。

で、一挙に手にした金が五万両。これを元手に材木を買い集め、みるみる巨富を積み上げた、というわけです。

しかし、紀伊国屋がどんなに命がけで蜜柑を江戸に運んでも、江戸の人たちにそれを買う金がなければ紀伊国屋は巨富を積むわけにはいかない。紀伊国屋や奈良茂らの豪商が輩出したのは元禄時代という〝よき時代〟の支えがあったからです。

徳川家康が死んでから六十四年目にあたる一六八〇年に五代目の将軍になった徳川綱吉は、二十八年間、将軍の地位にありましたが、元禄はその間の十六年間です。

元禄で有名な事件はなんといっても元禄十五(一七〇二)年十二月の赤穂浪士の吉良邸討ち入りでしょう。元禄といえば討ち入り、仇討ち、という印象が一般には強いようです。しかし、仇討ちだの切腹だのと血なまぐさいことよりもこの時代は、日本の経済史上特に注目すべき時代であったことを認識すべきでしょう。

徳川幕府は家光のころまでは財政も非常に豊かでしたが、鎖国の影響で貿易利潤は激減するし、鉱山からの産出も次第に減ってくるし、明暦の大火などの災害も相次いで、財政も家綱のころにはかなり苦しくなってきていた。それを立て直したのが綱吉でした。

綱吉将軍の侍医であった荻生方庵の次男で、高名な儒学者である荻生徂徠は、「銭《ぜに》が日本の国中に行き渡ったのは元禄からだ。乞食や物貰いも銭を欲しがるようになった」とある随筆に書いています。「銭が日本の国中に行き渡る」ということは、幕府の信用がそれだけ確固たるものになった、ということです。徳川幕府も、元禄になってやっと全国民から経済的な信頼を得た、というわけです。このような景気のよい元禄時代に、各地に豪商が輩出したのも当然のことといえるでしょう。

鯛焼き

まいにち　まいにち
ぼくらは　てっぱんの
うえでやかれて　いやになっちゃうよ
あるあさ　ぼくは　みせのおじさんと
けんかして　うみに　にげこんだのさ

はじめて　およいだ　うみのそこ
とっても　きもちが　いいもんだ
おなかの　アンコが　おもいけど
うみは　ひろいぜ　こころがはずむ
ももいろサンゴが　てをふって
ぼくの　およぎを　ながめていたよ

子門真人が歌って、昭和五十一（一九七六）年に大ヒットした「およげ！　たいやきくん」は歌詞も曲も大変心にしみるいい歌です。どこへ行ってもこの歌や鯛焼きに関する話題で持ちきりだったのも当然でしょう。

「鯛焼きみたいな駄菓子が詩になるなんて、世の中、変わったものである」とある人が雑誌に書いていましたが、これは認識不足ですね。

鯛焼きは大衆的な菓子ではありますが、これを駄菓子ときめつけるのはいかがなものでしょうか。駄菓子は〝氏素性〟の知れないものですが、鯛焼きは明治四十二（一九〇九）年にはじめてつくられたもので、その元祖は江戸時代後期にできた今川焼である、と詳しい由来までわかっている由緒ある菓子なのです。

俳句では冬の季語にまでなっているのです。当然、鯛焼きを詠んだ俳句がいくつもあります。『日本大歳時記』には七句も載っています。その中から三句をご紹介しましょう。

鯛焼きやいつの極道身を離れ　五所平之助
鯛焼きを食べて楽屋の藤娘　伊沢修
くすり湯を出て鯛焼きを買へりけり　草間時彦

「およげ！　たいやきくん」は大衆の間に鯛焼きブームをまきおこしたのですが、文化人の間でもおもしろい鯛焼き論争がありました。

演劇評論家であり、『巷談本牧亭』で直木賞も受賞した安藤鶴夫が鯛焼きが好きで、自分が贔屓にしているある鯛焼き屋のことを「この店の鯛焼きは尻尾にまで餡が入っている。心のこもった鯛焼きである」と随筆に褒めて書いたところ、それが評判になってその鯛焼き屋は行列ができるほどになり、他の鯛焼き屋の中にも尻尾に餡を詰める店が現われるようになりました。

エノケン、柳家金語楼、エンタツ、アチャコらを使ったコメディ映画をつぎつぎにヒットさせた映画監督の山本嘉次郎は鯛焼きの「魚拓」をとって集めるほどの鯛焼きファンだったのですが、その山本が鯛焼きの尻尾にまでアンコを入れるのは邪道だ、と安藤鶴夫を批判しました。「尻尾はいわば箸休めであって、アンコがなく、カリカリしているのがいいのだ」というのが山本の言い分でした。

ユーモア作家の玉川一郎も著書『たべもの世相史・東京』の中で、

「別にケチをつける気はないけれど、鯛焼きなんてェものは、心をこめて売るほどのモノでもないし、心をこめる余裕のある人達がやっている商売でもなかった。

一つ一銭の鯛焼きに、尻っぽの先まで餡こを詰めて売れますか？」

と安藤鶴夫を批判しました。

鯛焼きは、小麦粉の皮に小豆の餡を包んで焼いた焼菓子で、原理的には今川焼と同じものだ、といっていいでしょう。

今川焼は先述したように江戸時代後期、文化・文政期に生まれたものですからもう百七、八十年の歴史を持つ菓子です。今川焼という名前は、神田の今川橋の付近で売り出したところからつけられた名前ですが、「たちまち焼ける今川焼」のキャッチフレーズが「お客を待たせない」ということでウケて、人気が出た、というのがおもしろい。桶狭間の戦いで今川義元は織田信長に急襲され、あっという間に本陣を焼かれて敗走した。その故事にかけて「たちまち焼ける今川」といったのです。「たちまち焼ける」のを「どんどん焼ける」のだからと「どんどん焼き」と呼ぶ人もありました。現在では、円形のくぼみがずらりと並んだ鉄板で焼いていますが、初期は銅盤の上に銅製の輪をならべ、その輪の中に溶かした小麦粉と餡を入れて焼き上げたものだそうです。

その円形の両面に巴形の焼き印を捺して「巴焼き」とか「太鼓焼き」と称して売る店もありました。さらに、大正時代には、そのころはやったハイカラという言葉を早速取り入れて「ハイカラ焼き」、昭和になると「文化焼き」といろんな名前で売られてきたのも今川焼の特徴です。

今川焼も鯛焼きの親分なのですから、当然、季語になっています。

今川焼恩は返せぬものとこそ　　永井東門居

こんな句が歳時記に載っています。

粥

白粥をたうべんとしてわが妻はおきいでにけり夕くらがりに　前田夕暮
あけてまつ子の口のなかやはらかし粥運ぶわが匙に触れつつ　五島美代子

前者は病人で、後者は幼児でしょう。

粥はこうした人々のための特殊な食であって、健康な成人が食べるものではない、というのが現代の常識だ、と思っていました。

実際に、私ももう何年というもの粥を口にしていません。幸運にもたいへん健康に恵まれて、風邪すらあまりひかない今の私には、粥はまったく縁のない食品です。

しかし、ある時期、私は病気でもないのに毎日のように粥を食べていました。もちろん好き好んで食べていたわけではありません。やむを得ず、です。

それは戦争中のことです。日本が米英に宣戦布告して大東亜戦争がはじまったのは昭和十六（一九四一）年十二月八日のことですが、その年の四月から主食の米が配給制になりました。成人男子一人一日あたり二合五勺（約四五〇グラム）を基準としたものですが、それもすぐに有名無実となり、米の代わりに、じゃがいも、小麦、豆粕（脱脂大豆）などが配給されたのです。

わが家は大阪で電気器具の卸問屋を営んでおり、十人内外の使用人がいました。家族も入れると、二十人近い大所帯です。食べ盛りの若い者が多かったので、配給では足りるわけがありません。朝食は、薩摩芋を山ほど入れた粥になりました。大きな釜いっぱいに煮立った粥を何杯もお代わりしていた店員たちの姿が、今でも鮮明に脳裏に浮かび上がります。

当時、「非常時」という言葉がはやりましたが、まさに粥は「非常時の食」だったわけです。私は中学生（旧制）で食べ盛りだったのですが、わが家の芋粥については「熱い！」という記憶だけで「うまい」という思いはまったくありません。とにかく、あの芋粥は熱かった。多分、熱さでまずさを誤魔化そうとしたのかもしれません。

大いなるいと大いなる梅干にいと熱かりし玄米の粥　　徳川夢声

という歌もあります。これも太平洋戦争末期の歌です。作者は無声映画時代に弁士として活躍した人ですが、その後、朗読や漫談で有名になり、戦後はテレビに出演して多くのファンをつかんだ人です。著書も多く文筆家としてもすぐれた人でした。この歌も実感があふれていていい歌だと思います。私も「いと熱かりし」粥に閉口しながら、そのころ読んだ芥川龍之介の「芋粥」という小説を思い浮かべ、昔の芋粥はほんとうにそんなにおいしかったのだろうか、と何度も首をひねったことを覚えています。

芥川の「芋粥」は周知のように『今昔物語』巻第二十六の第十七話を下敷きにしたもので「芋粥ってなんとうまいのだろう。一度でいいから芋粥を腹いっぱい食ってみたい」と嘆息する五位の侍を、利仁という将軍が「それではわしが食わせてやろう」と誘って、京都から越前敦賀まで連れていく、という話です。『今昔物語』の注釈によれば、その芋粥は、

「山の芋を薄く削いで甘葛煎《あまずら》で煮たもの。大饗のときは穏座《おんざ》(正式の宴の後に催す宴)の後、管弦が行なわれ、禄《ろく》、引出物の出される前に供せられた。銀の提《ひさげ》に入れ、銀の匙《かい》を添えた」

とのことですから、ご馳走の一つではあったのでしょう。

しかし、鎌倉中期の僧であり、説話集の作者でもあった無住の『沙石集《しゃせきしゅう》』に、

さらずとも愛するように言ひなして世を渡るべき粥と麦飯

というような歌があるところを見ても、粥はやはりあまり上等な食べものとは認められていなかったのでしょう。もっとも、貝原益軒も朝粥は健康によい、と推奨していたとのことですから、貧しくない人でもヘルシー食として粥を愛好していたことはあったでしょう。しかし、今はそうではなくて、粥ははっきりご馳走になったようです。二十一世紀の今日になって、にわかにご馳走扱いされるようになったのはどうしたことでしょうか。

数年前、「飛鳥」という船で南太平洋を一か月かけて渡るクルージングをしました。私は講師とし

て招かれたのであり、一般の乗客ではなかったのですが、一等船客並の待遇で、たいへん快適な船旅でした。

食事もなかなかのご馳走でしたが、朝食に「朝粥定食」というメニューがあり、女性客の多くが、それをはっきり〝ご馳走〟という感覚で食べていることに私は驚いたのです。

しかし、これは私の頭が古いのであって、今は、一流ホテルでも朝食のメニューに粥があり、それは質素な食事というものでは決してないのだそうです。

葱

「葱はエラい野菜だったのだなあ」と妙なところで感心したことがあります。ずいぶん昔の話ですが、葱のことを女房詞で「ひともじ」ということを知ったときです。葱は、大昔は「キ」と一音で呼ばれていたのだそうです。「浅葱色」と書いて「アサギイロ」と読むのもそのためでしょうね。一音だから「ひともじ」という女房詞になったのです。

ついでにいうと、「ふたもじ」という女房詞もありますが、これは韮のことです。韮より葱のほうが重要な野菜であることは改めていうまでもないことです。大切なものやきわめて必要なものの呼び名はできるだけ短くするのが人間の知恵です。人体でも、目、手、血など一音で呼ばれるものは、鼻、耳、足、指、顎、膝など二音で呼ばれるものより重要な器官です。

葱が大昔、一音で呼ばれていたのは、当時の人々にとって葱がきわめて重要な野菜であったからに違いない、と推測して感心したのです。

推測どおりでした。現在はすっかり大衆的な食材になっている葱ですが、調べてみると、奈良、平安のころは、天皇即位礼の大嘗祭《だいじょうさい》に神饌の一つとして供されるならわしでした。また、天皇の乗輿《じょうよ》の一つに葱花輦《きかれん》というのがありました。屋上に金色の葱の飾りをつけたものです。葱の花は長く咲き続けて散らないから縁起がいい、ということでつくられた飾りだ、ということです。

しかし、どういうわけか、葱を詠んだ古歌は非常に少ないのです。『古典文学と野菜』に「古代中世古典文学主要作品に現われる野菜の種類と記載回数」という綿密な調査が載っています。『古事記』『日本書紀』から『古今和歌集』『金葉和歌集』『源氏物語』『平家物語』『閑吟集』など三十六の古典文学に登場する野菜を調べたものです。ずば抜けて多いのは「若菜、菜、春菜」で、二十二作品に合計八十七回も出てくるとのことです。次が「芹」の二十三回、「蕨《わらび》」の二十二回、「山芋」の十九回とつづきます。「真桑瓜」のようなものでも十二作品に十五回も出てくるのに、葱は『日本書紀』『枕草子』『和漢朗詠集』にそれぞれ一回ずつ出てくるだけだそうです。あまりにも貴重な野菜なので、文字どおり敬遠されたのでしょうか。

葱買《ねぶかかう》て枯木の中を帰りけり
ひともじの北へ枯《かれ》臥《ふす》古葉かな
易水にねぶか流るる寒《さむさ》かな

江戸時代になると、葱はぐっと大衆化してきます。「鴨が葱を背負ってくる」という俚諺から「カモネギ」という言葉までできたのも、「ねぎま」という簡便な食品がもてはやされて「ねぎまの殿様」という落語がつくられたのも江戸時代になってからのことです。

この三句も江戸後期の俳人与謝蕪村のものです。三句目の易水は中国河北省にある川です。秦の始皇帝の暗殺をくわだてた荊軻《けいか》が旅立つにあたって催された壮行の宴で、「風蕭蕭トシテ易水寒シ、壮子ヒトタビ去ッテマタ還ラズ」と歌った故事にちなんだ句です。

葱の原産地はシベリアだと一般的にはいわれていますが、中国西部だという説もあります。いずれにせよ、中国、朝鮮を経てわが国に渡来したもので、蕪村が易水を持ち出したのも理由のないことではありません。

歳時記では葱は冬の季語になっていますから「ねぶか」と「寒」を重ねるのは俳句では禁じ手とされている「季重なり」になるわけですが、芭蕉にも、

葱白く洗ひたてたるさむさ哉

という句があるように、「葱」と「寒」は離し難いものがあるようです。

これらの句に詠まれた葱には凜とした風情がありますが、これが現代（といっても大正時代のことですが）になると、葱は世帯くささの見本のような野菜になります。そのいい見本が芥川龍之介が大正八（一九一九）年十二月に発表した短編「葱」です。神田神保町のあるカッフェで女給仕をしている「お君さん」という女性の恋物語なのですが、葱が物語の意外な「オチ」になっているのです。

お君さんの恋人は、詩もつくる、バイオリンも弾く、油絵も描く、芝居もする、しかも女を口説くことと金を借り倒すことが得意という無名の芸術青年の「田中君」。これまで男と二人だけで歩いたこともないウブなお君さんは、田中君に誘われてはじめてのデートをすることになりました。そのデ

ートの夜、お君さんは大好きな田中君に、道を歩きながら手を握られて、感激のあまり涙さえ浮かべました。田中君にとっては思う壺です。絶好のチャンスです。ところが、お君さんの足がふと止まりました。通りかかった八百屋の店頭に葱の山が積まれており、「一束四銭」の値札が立っています。以下、芥川の原文を拝借すると、

「この至廉な札を眺めると共に、今まで恋愛と藝術とに酔っていたお君さんの幸福な心の中には、其処に潜んでいた実生活が突如としてその惰眠から覚めた。間髪を入れずとは正にこの謂である。薔薇と指輪と夜鶯と三越の旗とは刹那に眼底を払って消えてしまった。その代り間代、米代、電燈代、炭代、肴代、醬油代、新聞代、化粧代、電車賃——その外ありとあらゆる生活費が過去の苦しい経験と一しょに恰も火取り虫の火に集まるごとく、お君さんの小さな胸の中に、四方八方から群って来る。お君さんは思わずその八百屋の前へ足を止めた。それから呆気にとられている田中君を一人後に残して鮮な瓦斯の光を浴びた青物の中へ足を入れた」

というあんばいになるのです。

葱には、人を幻想、夢想から現実に戻らせる偉大な力があるのだ、と芥川は言いたかったのでしょう。最後に、葱の両雄といわれる深谷葱と下仁田《しもにた》葱を歌った名吟を二つ。

下仁田の葱は楽しも朝がれひわが食ふ時に食《は》み終るべし　　斎藤茂吉

ふかや葱深谷の駅に積まれゐて埼玉あがた冬に入りけり　　吉野秀雄

湯豆腐

豆腐は、日本人がもっとも好んで、またもっとも多く食べた食品の一つでしょう。

江戸時代の料理書でいちばん有名なのも、豆腐のことばかりを書いた『豆腐百珍』です。天明二（一七八二）年に出た正編が大好評で、翌年には続編が出ました。

この『豆腐百珍』の評判にあやかろうと、『卵百珍』『鯛百珍』『鱧百珍』『蒟蒻百珍』など「百珍もの」がぞくぞくと出版されました。

豆腐はいかにも日本人好みの食品ですが、残念ながら、これも原産地は中国で、日本ではありません。

豆腐の異称を「淮南《わいなん》」といいますが、これは中国前漢の淮南王が豆腐を発明したという伝承によるものです。日本に渡来したのは奈良時代で、はじめのうちは貴族階級の食べものでした。一般に広まったのは室町時代以降のことです。

数ある豆腐料理の中で、人々にもっとも親しまれているのは湯豆腐でしょう。俳句では三冬の季語になっていますが、ここでは小唄に出てくる湯豆腐をご紹介しましょう。

身の冬の　とどのつまりは湯豆腐の　あわれ火かげん　うきかげん

すぐれた劇作家であり、俳人でもあった久保田万太郎の作です。京都の料亭「辻留」の主人辻嘉一が『現代豆腐百珍』という本を書いたときに、その「序にかえて」万太郎が同書に寄せたのがこの小唄です。

（晩年を迎えて、自分の一生を振り返ってみると、しょせんは湯豆腐のようなものではなかっただろうか。簡単なように見えて実はむずかしいのが湯豆腐で、火加減、豆腐の浮き加減など、なかなか思うようにはいかない。自分の人生もそうだったのではないだろうか）

ざっとこんな意味合いではないでしょうか。湯豆腐を詠んだ万太郎の俳句では、

湯豆腐やいのちのはてのうすあかり

がたいへん有名です。たいていの歳時記にはこの句が載っています。しかし、「えっ？　なんで湯豆腐が〝いのちのはて〟なんだ」と首をかしげる人も多いのではないでしょうか。私もはじめてこの句を見たときにはそうでした。しかし、万太郎がこの句を詠んだ経緯を知って納得しました。

久保田万太郎は芸術院会員にもなり、文化勲章も受章して、功成り名遂げた人物のように思われていますが、その人生は必ずしも幸せなものではなかったようです。

女性運に恵まれず、最初の妻には自殺されるし、二度目の妻とは性格が合わず不満だらけの結婚生

活だったそうです。やがて万太郎は愛人をつくって家を出ます。芸者だったその愛人は万太郎によくかしずいてくれ、万太郎ははじめておだやかな家庭生活を楽しみますが、不幸なことにその愛人は病を得て、数年後に急死します。

その前に、長男の耕一にも先立たれている万太郎は孤独地獄におちいります。そんな状況の中でのつらい心境を詠んだのが「いのちのはての」の句でした。

この句を詠んで半年後、万太郎は鮨を喉に詰まらせて頓死するという思いがけない最期を遂げます。「いのちのはて」の句は、自分の最期を予言していたようなもので、そうした事情を知って、改めてこの句を読むと、粛然とならずにはいられません。

しかし俳句としてこの句を評価するならば、そんなによい点はあげられないのではないでしょうか。文芸作品はあくまで活字になって公にされたものがすべてなのですから、個人的な事情がわからない普通の読者にとっては、「湯豆腐」と「いのちのはてのうすあかり」は不調和な取り合わせとしか思えないでしょう。

湯豆腐のまだ煮えてこぬはなしかな

こんな句も万太郎にはあります。このほうがずっと湯豆腐らしいのではないでしょうか。それにしても、人生の「火加減、浮き加減」ほんとうにむずかしいものです。どうやったら、そのむずかしい人生をうまく乗り切れるのでしょうか。その心得も、豆腐が教えてくれます。

世渡りの道はどうかと豆腐に聞けば　まめで、四角で、やわらかに

という都々逸があります。豆腐の基本条件と人間の処世術とをうまくかけあわせたものです。体が健康なことやマジメによく働くことを「まめな」と形容しますが、その「まめ」と豆腐の材料である大豆とをかけて「まめで」としゃれたのです。まず「健康」が第一、というわけですね。次に挙げられた条件の「四角」はマジメということでしょう。曲がったことはせず、几帳面に働いていれば、だれからも嫌われない、との忠告でしょう。しかし、固いばかりでは浮世の荒波は越えにくい。波の動きに身をあわせる「やわらかさ」も大事だよ、としっかり教えてくれるのが豆腐です。

豆腐をつくる立場からのこんな歌もあります。

豆腐釜の下焚き付けて豆引けば寝てませと言ふに父の起きます

豆汁《まめそつぷ》くばりに妻の出でたれば泣く子背負ひて釜焚く吾は　斎藤謙

豆腐屋は朝早く起きて働く職業の代表的なもので「豆腐屋の朝起き」という言葉がことわざ事典に載っているくらいです。この二首の作者もそういう職業に長年従事してきた方なのでしょう。実感がこもった歌です。こういう人の前では「まめで、四角で、やわらかに」なんて気軽に都々逸なんかをちょっと歌いにくいですね。

丸い豆腐

豆腐の特徴として「まめ」「四角」「やわらか」の三つを挙げましたが、厳密にいうと、このうち「四角」と「やわらか」は豆腐の絶対条件では必ずしもありません。

昔は「六条豆腐」といって、チーズのように固い豆腐がありました。考古学者の樋口清之によると、「豆腐は苦汁《にがり》を入れて固めるのですが、六条豆腐は固めた豆腐に食塩を加えて塩辛い豆腐をつくり、薄く切って乾したり、灰をまぶして保存するのです。灰はたんぱく質の凝固剤です。いまでも、チーズのように固い豆腐がありますけれど、昔の豆腐はかたく固めたチーズ状の、保存用の豆腐で、一種の発酵食品だったようです」（『続日本風俗の起源99の謎』）

とのことで、豆腐がやわらかくなったのは、豆腐が長い時間をかけてつくる発酵食品ではなくなってからのことなのです。

発酵食品でなくなった豆腐は、やわらかくはなったけれども、その代わり保存がきかない。そこで発酵させずに豆腐を保存する方法が考えられました。豆腐を小型に切って、寒中の戸外に出し、凍らせるのです。それを干して脱水させると高野豆腐《こうやどうふ》ができます。

これもやわらかくはありません。

普通の豆腐より高野豆腐のほうがうまい、好きだ、という人もけっこういます。また、堅豆腐とか岩豆腐とかいってやわらかくないのを売り物にしている豆腐も全国にいくつかありますから、「やわらか」は豆腐の絶対条件とはいえないでしょうね。

「四角」もそうです。まん丸い豆腐を実際につくって売っている豆腐屋さんが、全国にいくつか今もあるのです。その一つ、佐賀県唐津市のお豆腐屋さんに私は行って、丸い豆腐を実際に食べてきました。その製造工程も店のご主人にお願いして見せてもらいました。

特に変わったつくり方をするというものではありませんでした。豆腐は大豆をすりつぶして豆乳をつくり、それに苦汁を入れて蛋白質を固まらせ、型箱に入れて仕上げるのですが、唐津の豆腐屋では、仕上げに型箱ではなく、笊《ざる》を使っていました。名前も「ざる豆腐」と呼んでいました。

ご主人の話によると、この地方では江戸時代に丸い豆腐を日常的につくっていたとのことです。

唐津は、古くは『魏志』倭人伝に「末盧国」として出てくるし、『万葉集』にも出てくる由緒のある土地ですが、江戸時代には代表的な捕鯨基地の一つでもありました。

鯨捕りの漁師が大勢住んでいたのですが、そのおかみさんたちが自分の家で豆腐をつくっていたのだそうです。釜で大豆を煮て豆乳をつくり、それに苦汁ではなく、海水を入れて固めたので「潮豆腐」と呼ばれていました。

釜に入れっぱなしでは水気が切れないから、おぼろ状態になった豆腐は柄杓で掬って、笊に寄せた。笊はおおかた丸い。だから出来上がった豆腐もおのずから丸くなっているわけです。丸い豆腐をつくるために特別の工夫をこらしたわけではないのです。たまたま手近にある笊でおぼろ豆腐を掬ったから丸い豆腐が出来上がったまでのことなのです。

豆腐屋だって同じことです。豆腐は絶対四角でなくてはならない、と思って豆腐屋は四角な型箱をつくったわけではないでしょう。箱というものはおおむね四角いもので、その箱を型箱として使ったから豆腐も四角に出来上がっただけのことではないのでしょうか。

このように、「やわらかいこと」も「四角いこと」も豆腐の本質的な条件ではないのですね。それなのに都々逸にあるように、世間の人々は「まめで、四角で、やわらかに」が豆腐のなくてはならぬ三大条件だと思いこんでしまっています。こういう錯覚はほかにもたくさんあるのではないでしょうか。

おしまいに「豆腐善人説」をご紹介しましょう。

豆腐屋と早起きは切っても切れない関係です。四角くない豆腐ややわらかくない豆腐はあっても、早起きでない豆腐屋はいません。わが国では早起きは人間の基本的な美徳ということになっていて、「早起きに悪人なし」をはじめ、早起きを讃えることわざがたくさんあります。豆腐屋は早起き、早起きは善人、すなわち豆腐屋は善人、というわけです。

豆腐屋が善人であるだけではない、豆腐を食べる人、豆腐が大好きな人も善人ばかりだ、と主張する人もいます。作家の獅子文六です。著書『飲み食ひの話』(昭和三十一年、河出書房)の中にこんな一節があります。

「戦時中、裏町の小さな豆腐屋などに〈当分休業〉の札が張ってあったりすると、心傷まずにはいられなかった。(中略)豆腐の問題(原料不足で豆腐の生産が激減したこと)がそれほど騒がれないのは、不審のようであるが、これは第一に、豆腐を必要とするような善良で健康な市民たちは無口であるためである。（中略）山の手の令嬢だとか息子だとかいうものはおおむね豆腐が嫌いである。彼らは、最初の一口が刺激的でないものはなんでも嫌いである。それはそれでいいが、そういう趣味が、低劣野蛮であるくらいは、知って置く必要がある。

豆腐を好むのは、食物の趣味としても立派であり、善良で健康な市民の証拠である」

文化勲章を受章した作家のいうことだから、信用してもいいでしょう。

世界で一番、豆腐を好んで食べるのは日本人です。すなわち、世界で一番、善良で健康な国民は日本人だということになります。けっこうなことではありませんか。

八盃豆腐てのひらにうつ
身を入れて間もないはずの女房顔

『俳諧開化集』上巻にある連句です。

「八盃豆腐」というのは、豆腐をうどんくらいの太さに切り、鍋に入れて葛を溶かして煮る。煮立って豆腐が動き出したところで酒や醬油を入れて味をととのえ、すばやく椀に盛って出す。その際、さらし葱やもみ海苔をのせる、といった手間のかかる料理です。結婚して間もないはずの嫁さんなのに、長年連れ添った女房のような慣れた手つきで、手間のかかるこんな料理をつくっている、いい嫁だなあ、と感心しているのでしょう。この嫁さんも善人に違いありませんね。

味噌汁が勝ち戦のもと

世を捨てて山に入るとも味噌醤油酒の通ひ路なくてかなはじ

蜀山人の有名な狂歌です。仙人なら霞を食ってでも生きていけるかもしれませんが、まともな人間なら、たとえ頭を丸めて坊さんになったところで、三度三度の飯は食わなくてはならないし、それには味噌、醤油が欠かせない、日本人が生きていくためには味噌と醤油は不可欠なものなのだ、それと酒もだ、といっているのです。

まったくそのとおりで、反対する人は一人もいないことでしょう。

もっとも屁理屈をいえば、味噌がわが国に中国から伝えられたのは、奈良時代のことですから、それ以前の日本人は味噌なしで暮らしていたはず。味噌の味を知らない日本人も何百万人かはいたはずですね。

しかし、本家の中国や日本よりも、古くから味噌を食べていた朝鮮の人々よりも、今の日本人のほうがずっと味噌と親しく付き合っています。味噌は日本人の体質にぴったり合った食品なのです。

上杉謙信と武田信玄は戦国時代の名将で好ライバルとして歴史に名が残っています。両者をめぐる

エピソードで有名なのは、なんといっても「敵に塩を送る」美談でしょうが、もう一つ味噌がありま
す。

上杉勢と武田勢との対決は「川中島の戦い」に象徴されます。この合戦は、天文二十二（一五五三）年から十一年間の長期にわたってくりかえし行なわれたもので、このために両軍ともエネルギーを使い果たして京都へ攻め上る元気をなくし、織田信長や徳川家康に天下を取られてしまったのです。

この長期戦の両軍将兵の体力を支えたのが味噌だったとのことです。上杉勢のほうは「越後味噌」、武田勢は「陣屋味噌」を毎日たっぷり摂って、英気を養ったのです。両軍とも味噌汁は飲み放題だったそうです。

味噌は紀元前に中国でつくられ、朝鮮半島を経て日本に伝えられたものですが、「味噌汁」ははっきり日本人の発明です。中国にも朝鮮にもありません。一四六〇年代、応仁の乱のときに兵食として考案されたものなのです。

「腹が減っては戦はできぬ」といわれるように、戦争を本職とする侍たちにとって、食事はもっとも大切な「仕事」でした。どんな食事をするかによって戦いの勝敗が左右されるのですから当然でしょう。

戦いに明け暮れていた戦国時代の武士たちは、一食二合半の飯を食っていました。当時は一日二食ですから一日で五合の飯です。ただし、これは平均値であって、戦闘でよく働いた者にはいくらでも増量が認められました。

米をつくる農民たちの口には白米はなかなか入りませんでしたが、武士たちが食べる一日五合の飯

は白米です。武士たちをはりきらせるためにそうしたのでしょうが、栄養学的にいうと、白米は劣等食品です。

大量に発掘された江戸時代の人骨を調べてわかったことですが、江戸時代の武士は一般庶民にくらべて、歯並びも悪いし、虫歯も多い。背も低い。白米を食べていたせいです。白米食は脚気の原因にもなります。

こんな米の飯の欠点を補ったのが味噌です。武士たちは握り飯と焼き味噌を腰にぶらさげて戦場に赴いたのです。「関東武士が天下をとったのは味噌汁のおかげ」と歴史の本にも書いてあります。

「焼味噌を湯にて立て呑候へば、終日食物不仕候ても少しも不飢ものに候。能々可被聞置旨申上候」(焼き味噌を湯に溶かして呑めば、一日中ろくにものを食べなくても腹が減るということはないぞ。このことはよく承知しておくとよい)

と『止戈類纂《しかるいさん》』という古書にあります。この戦国時代の武士の知恵が後に一般にも広がって、「米の飯に味噌汁」という日本独特の食事スタイルができたのでしょう。

味噌を搗く雲水眉目秀でたる　森永杉洞
大山の各坊味噌を搗きにけり　山本青蔭

大豆の収穫が終わるのは初冬。この時期になると以前は、農村では味噌搗き、味噌焚きの光景がよく見られたものです。東北地方の豆味噌は搗いた大豆を味噌玉にして天井につるし、乾燥させます。

それをまた、もう一度搗いてから仕込むのです。

　掲出の二句とも僧侶の味噌搗き風景です。味噌搗きに坊さんがよく登場するのは当然のことでしょう。

　米の最大の欠点は蛋白質がほとんど含まれていないことでしょう。一般の人は魚や肉を食べて蛋白質を補給できますが、精進料理の僧侶たちはそういうわけにはいきません。蛋白質が豊富で「畑の肉」といわれる大豆がもっぱら頼り。大豆を原料にした味噌、醬油、豆腐、納豆などが僧侶たちの健康を支えてきたのです。それらの中でも「味噌擂《す》り坊主」の言葉があることでもわかるように味噌との関係が一番深い。

　「味噌擂り坊主」は悪口ですが、これらの俳句の「味噌搗き坊主」はなかなか格好いいではありませんか。

味噌でイッパイ

『徒然草』にも味噌が出てくるくだりがあります。

鎌倉時代の執権だった北条時頼はなかなかの実力者として知られていますが、そんな人でもひとりぼっちで酒を飲むのはさびしいと見えて、部下の一人を呼びつけて酒の相手をさせます。

ところが、部下を呼びつけたのはいいが、あいにく酒の肴がない。

「紙燭さして、くまぐまを求めし程に、台所の棚に、小土器に味噌の少しつきたるを見出でて、これぞ求め得て候、と申ししかば、事足りなん、とてこころよく数献に及びて、興に入られ侍りき」(第二百十五段)

(灯りをつけてあちらこちら探してみると、台所の棚に、素焼きの小皿に味噌がすこしのっているのが見つかった。いや、それで十分だよ、と気持ちよく酒をのみはじめ、いいご機嫌になられましたよ)

という次第で、天下の執権が味噌を嘗《な》めて酒を飲んでいた、という話です。

味噌で酒を飲むというのは「焼き味噌で飲むわ飲むわと貧乏神」と古川柳にもあるとおり、貧乏の見本みたいな行為です。今のサラリーマンで味噌だけを肴に酒を飲んだことのある人は珍しいのではないでしょうか。これまでも何度か言いましたが、現代の私たちの飲食文化は昔の将軍や大名を凌ぐものなのですね。

もっとも、世の中、なにが幸いするかわからぬもので、『徒然草』が多くの人に読まれたため、このエピソードも広く知られるようになり、北条時頼は、身分が高い人なのにおごることなく、質素な暮らしをした立派な人物だ、といい評判を得ました。

人知らぬ酒盛り味噌で名が残り
執権のうま味は味噌で飲むところ

というような川柳まで詠まれたほどですから、味噌でイッパイも悪くありません。

このように、味噌が美談の主人公になるのは珍しいことで、川柳でもことわざでも味噌が出てくるのはおおむね悪口の場面です。

「手前味噌で塩が辛い」というのは、他人が食えば塩辛くてとても食えたものではないのに、つくった当人だけはうまい味噌だと自慢している滑稽さを笑ったものです。「味噌を揚げる」も「手前味噌」と同様の意味。そのほか「味噌をつける」「味噌も糞もいっしょ」など、ろくなことばはありません。これだけ日本人の食生活に貢献している味噌なのに、どうしてでしょうね。

醬油

昭和十五（一九四〇）年というと、太平洋戦争が始まる前年で、日本は軍国調一色に塗りつぶされていました。人々が口にする歌ももちろんそうで、「興亜行進曲」「紀元二千六百年」「荒鷲の歌」などの官製軍歌が大手を振ってまかり通っていました。そんな中で、ヒットした生活の歌に「隣組」というのがありました。

この年に「部落会町内会等整備要綱」が施行されて「隣組」を結成することが全国民に義務づけられました。国民の生活面での結束を強めて、「銃後の守り」を固くしようという政府の目論見だったのでしょう。「隣組」はそのPR歌でもあったわけですが、作詞は漫画家の岡本一平（岡本太郎の父）で、自由な考えを持った人でしたので、露骨な軍国歌謡にはなりませんでした。

隣組

とんとん　とんからりんと
あれこれ面倒　味噌醬油
ご飯の炊き方　垣根越し
教えられたり　教えたり

これは二番の歌詞ですが、和気藹々《あいあい》という感じです。戦争中の暮らしも何から何まで悪かったわけではありません。この歌のように国民同士が強い連帯感を持って、たがいに助け合う面では今よりずっとよかったといえるかもしれません。その連帯感の象徴として、岡本一平は味噌、醬油を持ち出したのです。たしかに、日本人の暮らしの中に味噌、醬油ほど深く、濃く入りこんでいるものはほかにないでしょう。

醬油の醬という字は、日本では「ひしお」と読みます。獣、鳥、魚の肉を血や骨といっしょにたたきつぶし、酒や塩と一緒に漬けこんだものです。三か月以上漬けこむのですが、そうすると肉はすっかり溶けて複雑な味の液体になるのです。獣肉でつくったものを肉醬、魚でつくったものを魚醬といいますが、後には大豆と麴でつくる豆醬も現われました。この醬が味噌や醬油の元祖なのです。

もう半世紀も前のことですが、新聞社の特派員としてはじめてアメリカに行き、三か月あまり暮らしたときに、アメリカ人がなんにでもトマトケチャップをかけて食べるのに驚いたことがあります。そのことをニューヨークタイムズの記者に言ったら、

「日本人こそあらゆる食べものを醬油で味つけするか、醬油をかけて食べるかしているじゃないか。アメリカ人のトマトケチャップの比ではない」

とすぐに反論されました。自分のことには鈍いものだ、という見本でしょう。

醬油こそ「日本の味」といってもいいでしょう。実際、われわれの醬油好きは世界に例がないものかもしれません。海外旅行に行くときには何はなくても醬油だけは必ず持っていく、という人は少な

くありません。千葉県船橋市の番場哲晴さんもそのお一人です。

ウズベキの　声なき御霊に　問ふまいぞ　マンティくらふに　醤油ほしかと

これは、その番場さんが醤油を詠んだちょっと珍しい歌です。ウズベキは中央アジアのウズベキスタンのこと。第二次世界大戦でソ連軍の捕虜になった日本軍将兵の多くがシベリアに連れていかれて強制労働をさせられたことは、よく知られていますが、シベリア以外にも連行された場所はいくつかあります。ウズベキスタンもその一つで、ウズベキスタンの首都タシケントには過酷な強制労働で死んだ日本人将兵たちを弔って、戦後に日本人の手によってつくられた墓地もあります。

この歌は、番場さんがその墓地にお参りし、無念の思いで異国に死んだ人たちを思って詠んだ歌です。マンティは饅頭のことです。

番場さんは世界三十か国に足を運んでいる旅行家で、海外渡航のときには常に醤油を持ち歩いているそうです。ウズベキには醤油はなかったが持参の醤油をマンティにかけて食べた。肉のあぶらとむちっとした皮の食感に醤油がマッチし、大きなマンティが二個も三個もツルリと腹に入ったとのことです。マンティを味わいながら、この地で抑留されていた日本人のことを次のように回想して、詠んだのが上記の歌なのです。

『しょうゆでホッ――これだけは伝えたい52の思い出』(NHK出版)という本に載っていました。

雑の部

塩は食肴の将

「酒は百薬の長」というのはだれでも知っている名言ですが、実はこれは対句になっている二つの名言の二番手のものであって、これに先立つ名言があるのです。前漢書『食貨志』に、

夫《それ》鹽《しおは》食肴之将《しょっこうのしょう》、酒《さけは》百薬之長《ひゃくやくのちょう》

とあるのがその対句です。この後段の一句ばかりが人口に膾炙したわけですが、名言のもつ意味の重要さからいえば、前段の「鹽食肴之将」のほうがはるかに重いのはいうまでもありません。「夫《それ》」は特に意味はありません。大事なことを言い出すときのかけ声みたいなものです。

「塩はあらゆる食べものの将帥、すなわち統率者のようなもの」

という意味です。酒は「百薬の長」であるかもしれないけれど、飲まなくても命に別状はありません。しかし、塩は人間の生存に絶対不可欠なものです。いや、人間だけではありません。あらゆる動物にとって生存のためになくてはならないものなのです。

まさしく「食肴の将」なのですが、それにしては、塩を最高に讃美した詩歌が見あたらないのはど

うしてでしょう。

塩を詠みこんだ古歌でもっともよく知られているのは、藤原定家の、

来ぬ人をまつほの浦の夕なぎに焼くや藻塩の身もこがれつつ

でしょう。『新勅撰和歌集』巻十三に載っている歌ですが、『小倉百人一首』にも選ばれていますから、そちらのほうで、日本人ならだれでも知っている有名な歌です。

岩塩の少ないわが国の古代の製塩法は、海藻に海水を注いで塩分をたっぷり含ませ、それを焼いて水に溶かし、その上澄みを釜で煮つめて固形の塩にする、というものでした。

その塩のことも、海藻に注ぎかける潮水のことももともに「藻塩」といいます。

この歌、塩を詠みこんだ歌には違いありませんが、塩そのものを歌ったのではなく「藻塩」は比喩として使われたにすぎません。


(いくら待ってもやってこない恋人のことを思って、わたしの身も心も藻塩のように焼け焦がれている)

という切ない女心を歌ったものです。あまり真実味は感じられませんね。それも道理で、作者は有名な歌人ではあるけれども、男性です。しかも『万葉集』巻六の笠金村の長歌の一節、

淡路島　松帆の浦に　朝凪に　玉藻刈りつつ

夕凪に　藻塩焼きつつ　海少女《あまおとめ》　ありとは聞けど……

を本歌取りしています。「待つ」と「松」とを、「焦がれる」と「焼く」とをかけた技巧だけの歌です。『古今和歌集』にも在原行平《ありわらのゆきひら》の、

わくらばに問ふ人あらば須磨の浦に藻塩たれつつわぶと答へよ

という歌もあります。

（ひょっとして、だれかが私の消息を尋ねたら、藻塩の垂れる須磨の海で、しおたれてわびしく暮らしているよ、と答えてください）

というのが歌意。これも、なんとも情けない歌ですね。昔の宮廷人はこんな歌にしか塩を歌いこめなかったのかと思うと、腹立たしくもあり、情けなくもあり、塩に同情したくなります。

平安中期から鎌倉時代にかけて、それまでとは違った調子の歌がはやりました。白拍子や遊女たちが主に歌って人々を喜ばせたのですが「今様歌」、略して「今様」とも呼ばれました。それを集大成したのが「遊びをせんとや生まれけん　戯れせんとや生まれけん　遊ぶ子どもの声きけば　わが身さへこそゆるがるれ」という歌でよく知られているあの『梁塵秘抄』です。

この中に塩を詠みこんだこんな歌があります。

ゐよ　ゐよ　蜻蛉よ　堅塩《かたしお》参らむ　さてゐたれ　はたらかで　簾篠《すだれしの》の先に　馬の尾縒《よ》り合はせて
かい付けて　童《わらはべ》　冠者《くわじゃ》ばらに繰らせて遊ばせん
（とまれ、とまれ、とんぼ。そら、塩をなめさせてやるからじっとしていろよ。竹の先に、馬の尻尾の長い毛を編んで綱のようにしたのを結びつけ、そのさきに、お前をくりつけて、子どもたちに遊ばせるのじゃ）

蜻蛉を捕まえるための餌にしよう、というのですから、これも塩の重要性を十分に認識した歌とはいえません。どうして人々は塩のことをこんなに軽んじるのでしょうか。あまりにも身近だからでしょうか。これでは「鹽食肴之将」がはねのけられて「酒百薬之長」ばかりが有名になったのも無理はありません。

塩の歌

塩（原塩）には岩塩、天日塩、海水よりつくる塩の三種類がありますが、岩塩、天日塩のほとんどないわが国では古代からもっぱら海水によって塩を得てきました。初めのころは、前項に記したように「藻塩焼く」方法です。海水が付着した藻を煮沸してその塩水から塩分を採ったのですが、やがて塩浜（塩田）によって製塩することを発見し、一九七二年にイオン交換膜法に全面的に転換するまで、長い間、日本人は塩田に頼って塩を得てきたのです。

塩田には揚浜式と入浜式とがありますが、どちらも作業はたいへんな重労働でした。しかし、塩づくりにたずさわっていた人々はあまり泣き言を言わないたちらしく、各地の労働歌には威勢のいいのがみられます。

山口県の南東部に平生《ひらお》というところがあります。県下最大の前方後円墳の白鳥古墳があるので知られていますが、昔は山口県では三田尻につぐ製塩地として有名でした。その平生で歌われているのが塩掻歌です。塩田の地場を板で掻きながら歌うものです。

ひろい平生は浜でも持つが　浜の男の腕で持つ

汲めど汲めども塩田の水は　昔ながらに尽きはせぬ

新潟県寺泊《てらどまり》には女性で塩焚きをしている人たちを歌ったこんな歌もあります。

なじょな塩焚きでもこしろうて出せば　アーヤラシャレ　ヨーイ
枝垂《しだ》れ小柳　稚児桜　アーヤラシャレ　ヨーイ
(こんな重労働で汗まみれの塩焚き女でも、ちゃんと化粧して外へ出せば、枝垂れ柳や稚児桜にも負けないくらいの美しさになるのだよ)

塩にとってみれば、古歌の恋歌に歌われるよりは、こういう歌に歌われるほうがいいのではないでしょうか。
古歌では見つかりませんでしたが、現代の俳句には塩を高く歌い上げた名句があります。
中村草田男といえば「降る雪や明治は遠くなりにけり」の句があまりにも有名で、まるで草田男の代表句のように思われていますが、昭和五十八（一九八三）年に亡くなった彼の墓に刻まれているのは「降る雪や……」の句ではありません。

勇気こそ地の塩なれや梅真白

句集『来し方行方』にあるこの句です。草田男は東京帝大を出て、成蹊学園で教鞭をとっていましたが、昭和十九（一九四四）年、教え子ら三十余名が「学徒出陣」するにあたって、はなむけに贈ったのがこの句です。「地の塩」というのは「マタイ伝」にあるキリストの言葉です。

「汝らは地の塩である。もし塩がその味を失うならば、何をもってこれを塩とすることができようか。外に捨てられ、人に踏まれるばかりである」と塩のもつすぐれた力を讃え、信徒たちに、塩のように世の中の役に立つよう諭したものです。

人間にとって勇気は、塩のようになくてはならず、また、その人をすこやかに、正しくしてくれる大事なものだ、と草田男はキリストのこの言葉を理解していたのでしょう。それにしても、西洋文明のすべてを敵視せんばかりだった、あの戦争末期に軍隊に取られる学生たちに、キリストの言葉をよく贈ったものだと思います。草田男も強い勇気の持ち主だったのでしょう。

この句に送られて戦地に向かった学生たちはどのような戦争体験をしたのでしょうか。小泉苳三の『従軍歌集山西《さんしい》前線』に、こんな歌があります。

醤油なく味噌砂糖なく岩塩《がんえん》にて茹でし饂飩《うどん》に生命《いのち》をつなぐ

小泉は塩と饂飩のおかげで命をつないで生還し、戦後も歌人として活躍するかたわら「明治和歌史の研究」で文学博士にもなるのですが、草田男に送られた三十余人の学生たちは全員無事に故国に帰ることができたのでしょうか。

「学徒出陣」では本当に数多くの若者が学業半ばにして戦地に送られ、短い生涯を終えた者も少なくありません。命を全うして終戦後故国へ帰れた者は幸運というべきでしょう。その幸運者の一人に俳人の沢木欣一がいます。昭和十八年に出征し、二十年に帰国しています。「塩」を歌う詩人として、この沢木をはずすわけにはいきません。なにしろ『塩田』という句集があるくらいですから。

塩田に百日筋目つけ通し

水塩の点滴天地力合せ

などの句が有名です。後者は、能登の原始的な揚浜式塩田を訪れたときの作です。渚近くの塩田に海水を撒き、太陽熱にさらされて濃くなったものが水塩です。まさに天と地の合力によって出来上がったものです。力強い句だと思います。沢木欣一は平成十三年に八十二歳で死去しました。草田男に師事した人ですから、草田男同様、塩の偉大さを知悉《ちしつ》していたのでしょう。

塩と馬

おろろん　ころろん　婆の孫　孫はおられん　爺の孫
爺はどこへ　行くかいた　爺は町に　塩買いに
塩はなかとて　馬買うて　馬は何処に　つないだ
三本松の木の下に

熊本県にこんな民謡があるそうです。四国女子大学教授や三野病院院長だった平島裕正氏が著書『塩――ものと人間の文化史』（昭和四十八年、法政大学出版局）の中で、熊本県球磨地方の有名な民謡「五木の子守唄」の元歌はこれだった、と紹介しています。また、同じ熊本県下の菊池郡にも、

お月さんいくつ／十三　七つ／七つで子持って／子はだれに抱かしょ／おまんに抱かしょ／おまんはどっちいた／高瀬の町に塩買いに／塩は買わずに馬買うた

という民謡があるとのことです。両者ともはっきり塩を主題にした歌です。

塩を買いに行ったのだけれど、塩は高すぎて買えなかったから、代わりに馬を買った、というところが共通しています。

熊本地方は現在でも馬の牧畜が盛んなところですから、昔は馬も安い値段で買えたのでしょうが、それにしても塩が買えなくて馬を買った、というのにはびっくりします。製塩技術が発達していなかった時代には、塩はどんなに貴重で、高価なものであったか、をこの二つの民謡は教えてくれます。

塩が高価であったのは、製塩技術だけの問題ではありません。支配者たちは、人間の生活に根源的に必要な塩を押さえることによって、人々を支配しようとし、生産統制や販売統制を行ないました。

一つの例が塩の専売制度です。これは明治三十八（一九〇五）年にはじめられたのですが、当初の目的は、前年の三十七年にはじまった日露戦争の戦費調達でした。生産コストと関係のない高値で国民に塩を売りつけ、鉄砲や弾丸を買おう、という算段です。

これでは塩を買いに行った爺さまが、塩を買えなくて馬を買うしかなかったのも仕方ありませんね。

「忠臣蔵」の真相

その年の塩はむしょうに苦くでき

『川柳評万句合勝句刷』にある明和六（一七六九）年の作です。この句を理解するキーワードは「塩」です。「その年」というのは元禄十五年のことです。この年三月十四日（新暦では四月二十一日）、江戸城本丸の松の廊下において、赤穂藩主・浅野《あさの》内匠頭《たくみのかみ》長矩《ながのり》が吉良《きら》上野介《こうずけのすけ》義央《よしなか》に切りつけるという「殿中刃傷事件」が起こりました。

この事件で浅野内匠頭は切腹させられ、赤穂藩は断絶。赤穂にとっては最悪の出来事です。その年につくられた赤穂の塩はさぞかし苦い味をしていたことだろう、と川柳子はからかっているのです。赤穂の「ア」の字もなければ、吉良の「キ」の字も出てきませんが、「塩」の一字があれば、赤穂だな、そして赤穂といえば殿中刃傷事件だな、とだれにも想像がついたのでしょう。

浅野内匠頭が吉良上野介に切りつけた原因は、浅野が吉良に十分な賄賂を贈らなかったことから吉良が浅野にいろいろ意地悪な仕打ちをし、それに浅野が立腹したのだ、と一般的にはいわれています。

しかし、これは講談や芝居などによる巷説であって、ほんとうは製塩に関わるいざこざが原因だったようです。

江戸時代、塩はきわめて貴重、かつ高価なものでした。各藩は財政を豊かにするためにも、製塩を奨励しました。それでも地勢など諸条件によって塩の出来ぐあいが違いました。

お膝元の江戸では、千葉の行徳で焼いた塩を運んできて使っていました。この一帯は江戸湾最大の塩浜で大量の塩が生産されたのですが、質はあまりいい塩ではなかった。そこへ乗りこんできたのが吉良の塩です。三河の吉良の塩は行徳の塩よりはずっと味もよかったので「吉良塩」と呼ばれて、江戸では高い値で買われました。「吉良塩」は吉良家にとっても大切な財源になったのです。

うまい塩の味を知った江戸の人々はもっとうまい塩はないのかと、欲望をふくらませます。それに応えたのが赤穂の塩です。赤穂の塩ははじめは主に上方で売られていたのですが、経営術にも長けていた大石内蔵助は幕府御用達をねらって綱吉将軍に極上の塩を献上しました。これが当たって、綱吉将軍が「塩は赤穂に限る」などと褒めそやしたものですから、「吉良塩」の人気はあっというまに凋落《ちょうらく》してしまったのです。

小さな旗本にすぎない吉良家は資本力でも赤穂藩には及ばない。生産量も違います。赤穂の塩との競争には勝ち目はありませんでした。吉良家では新しく開拓した塩田に高度の製塩技術を利用しようと思って、辞を低くして赤穂側に教えを乞いました。しかしそんなことは簡単には教えられない、と赤穂側から断られ、それでは、と吉良側はスパイを放って赤穂の技術を盗もうとする、そのスパイが赤穂側に捕えられる、などの経緯があって両家は憎みあうようになり、あげくの果てが、殿中刃傷事件となったのです。「忠臣蔵」は塩をめぐる政治事件だ、というべきでしょう。

塩をめぐる政治事件といえば、すぐに思い浮かぶのが、ガンディーの「塩の行進」です。マハトマ・ガンディーはインド民族運動の指導者。「非暴力」を掲げた革命運動家として知られていますが、その活動の中でも、特に高く評価されているのは、イギリスによる食塩の専売制度に反対し、仲間とともに二四一マイルのデモ行進を行なったことでしょう。行進の後、みんなで塩の手づくりを実行し、インド人の塩はインド人の自由に、を叫んだことから「塩の行進」と呼ばれることになったのです。

米国の南北戦争も「塩の戦争」と呼ばれることがあるそうです。バージニアのソルトビルやルイジアナのアベリイなど産塩地を北軍、南軍のどちらが早く占領するかが戦争の一つの焦点になっていたからです。このように、塩は政治にも深く関わる存在なのです。

「忠臣蔵」を詠んだ川柳には、次の二句のようなのもあります。

しおしおと赤穂の城を退散し
しおしおとなってみせたもはかりごと

「しおしおと」というのは「がっかりして元気のない様子」をあらわす擬態語ですが、赤穂の「塩」にかけてあるのはいうまでもありません。

藩が改易になり、藩士たちは全員城から出て行かなければならなくなった、その悄然とした様子を素直に詠んだのが前の句ですが、後の句はひとひねりしてあります。仇討ちの決意を他者に気づかれてはならないから、ことさら悄然としてみせているのだろう、というのが川柳子の推測でしょう。

差別される魚

女房詞というものがあります。御所《ごしょ》に仕える女房たちが使った一種の隠語で、豆腐を「おかべ」、鯉を「こもじ」などというのがそれです。この女房詞で鰯のことを「むらさき」というのですが、それは紫式部のこの歌に由来します。

日の本にはやらせ給ふ石清水《いわしみず》まゐらぬ人はあらじとぞ思ふ

鰯、ことに真鰯はここ数年、きわめて不漁になったため価格が高騰して、まるで高級魚扱いされていますが、昔からずっと長らく大衆魚の代表でした。上流階級の人々は食膳には乗せなかったものです。その鰯を紫式部は大好きでよく食べました。そのことをあるとき、彼女の夫の右衛門佐宣孝《うえもんのすけのぶたか》がちょっとからかったところ、それに対して、紫式部が即座に言い返して詠んだのがこの歌です。

石清水は京都府八幡市にある神社で、別名の男山八幡宮《おとこやまはちまんぐう》でもよく知られています。皇室の尊崇が厚く、歴代天皇の行幸が特に多かったため、国民全体にもよく信仰されました。歌の表の意味はそのことを詠んでいるのですが、この歌にはもう一つの隠れた意味があるのです。

『古今和歌集』巻十は「物名《もののな》」と呼ばれています。歌の中にそれとはわからぬように鳥や虫や植物など、物の名を詠みこむ工夫が凝らされているからです。紀貫之は「紙屋川」という題に、

うば玉のわが黒髪やかはるらむ鏡のかげに降れる白雪

という歌を出しています。「髪やかは」が紙屋川と読めますね。もう一つ、「をみなへし」という題には、

小倉山峰たちならし鳴く鹿の経《へ》にけむ秋を知る人ぞなき

という歌を詠んでいます。これは五・七・五・七・七の各節の頭文字を拾ってゆけば「をみなへし」になるのです。紫式部の先の歌もこの「物名歌」なのです。「石清水」の後の二音をとれば「いわし」になります。

(日本中の人で鰯を食べない人なんていないのよ。笑うあなたのほうがおかしいわ)

と紫式部は夫に反論したのです。

このエピソードがもとになって、鰯のことを「むらさき」というようになったのです。

さらに、紫という色は高貴な色とされ、藍には勝る色です。藍を魚の鮎と語呂合わせし、「むらさき」(鰯)は「あいし」(鮎)に勝るいい魚だ、との意味も含ませたものです。

差別された魚は鰯ばかりではありません。今は初鰹などといってもてはやされているあの鰹でさえ卑しい魚として蔑まれた時代があったのです。『徒然草』の第百十九段に、

「鎌倉の海に、かつをといふ魚は、かの境ひにはさうなきものにて、このごろもてなすものなり。それも、鎌倉の年よりの申し侍りしは、『この魚、おのれら若かりし世までは、はかばかしき人の前へ出づること侍らざりき。頭は下部も食はず、切りて捨て侍りしものなり』と申しき。かやうの物も、世の末になれば、上ざままでも入りたつわざにこそ侍れ」

とあります。鎌倉の鰹といえば、江戸っ子が大自慢の「相州の初鰹」ではありませんか。

(鎌倉の鰹が近ごろもてはやされているが、鎌倉のお年寄りに言わせると「あんなもの、オレたちの若いころには、ちゃんとした客には出せなかったものだ。身分の低いものでも鰹の頭なんか放り捨てていたものよ」とのことだ。そんなものを上流階級の人までが食べるようになったとは、世も末だね)

と兼好法師は嘆いているのです。

江戸に幕府ができるずっと前のことですから「江戸っ子」という言葉もまだ存在しなかったわけで、時代が違う、といえばそれまでですが、あの鰹が下品な魚として差別されていた時代があったとは驚きです。

「目黒の秋刀魚」という有名な落語があります。殿様が二十騎ばかりのお供を連れて朝早くから目黒に遊びに出かけます。昼飯も忘れて乗馬に夢中になっていると、どこからともなく秋刀魚を焼くいい匂いがしてきました。殿様にとっては、これまでにかいだことのない匂いですが、とびきり食欲を

そそる匂いです。お供の者に「なんの匂いじゃ」とお尋ねになり、次のようなやりとりが行なわれます。

「恐れながらお上はご存じあらせられません。下様《しもざま》で、秋刀魚と申す一と塩にした魚で、丈は一尺もございまして脇差の身に似ており、細く光る魚でございます。そのさんまを近辺の農家で焼いていることと存ぜられます」

「うまそうな匂いじゃな、このほうも空腹の折りから、苦しゅうない。その秋刀魚を求めてまいれ」

「恐れながらその儀は相叶いませんと存じます。下様の下人《げにん》どもが食いたします、俗に下魚と唱えますものゆえ、高位の君がたのあがるものでは決してござらん」(『落語食物談義』関山和夫)

「下魚」は「ゲザカナ」とも「ゲウオ」とも読みます。私の祖母はゲザカナといっていましたが、落語ではゲウオといっているようでした。

人間に対しても、平気で「下男」「下女」「下郎」などと呼んでいた封建時代のことです。魚に「下魚」と名づけるくらいなんでもないことだったでしょう。このほかにも鰻や泥鰌《どじょう》など差別された気の毒な魚は少なくありません。魚なんかにそんな差別をつけてどこがおもしろいのかとも思いますが、人間にはどうしようもない差別本能があるようですね。

差別される食物

「四本の脚のあるものは、机以外はみな食べてしまうのが中国人」といわれます。中国料理の食材の多彩なことを褒めた言葉でしょう。しかし、中国人よりもっとなんでもかんでも食ってしまうのが日本人です。

「まえがき」でも触れましたが、考古学者の樋口清之は、その著書『続日本風俗の起源99の謎』で、「日本人は世界でいちばん悪食の民族です。日本人は極端にいえば、食べられるものならすべて食べるという姿勢です。昆虫や爬虫類でさえ食べてしまいます」と言っています。また別の著書では「日本人は世界中の人が食べてきた、すべての食品を食べている。というより、さらにそれに輪をかけた多種のものを食べている」とも言って、日本人の食欲の旺盛ぶりを強調しています。

西洋人が目を丸くする日本人の〝悪食〟の一つにすっぽんがあります。今、世界中ですっぽんを食べるのは中国人と日本人だけではないでしょうか。ヨーロッパではすっぽんのスープを飲む地方はありますが、肉は食べません。中国でも近年までは北方のほうでは食べなかったということです。

このすっぽんが差別される食物の一つです。すっぽんは亀の仲間ですが、普通の亀に比べると甲羅が丸く、そのため中国では団魚と名づけられているし、日本でも俗称を「マル」といいます。「月とすっぽん」という俚諺は、月とすっぽんは、同じように丸くても中身は天と地ほどの差がある、という意味で、これだってすっぽんをずいぶん馬鹿にした話です。

すっぽんをどこかで息子喰いならし

という江戸川柳があります。日本ですっぽんが食べられるようになったのは、京都では天和（一六八一〜一六八四年）、江戸では宝暦（一七五一〜一七六四年）年間、と記録にありますが、それも露店の煮売りが行なわれた程度で、堅気の一般家庭では食膳に乗せるようなものではなかったようです。

この川柳は、道楽息子があやしげな店で飲み食いしていることを詠んだものです。すっぽんは共食いするし、何でも食う貪欲なやつだから、と蔑まれ、川柳などでも悪口の言われ放題です。

すっぽんの度々《どど》だまされる桜紙

この川柳も、すっぽんの貪欲さを嗤《わら》ったものです。江戸時代、上野の不忍池にはすっぽんがたくさんいました。当時、池之端には出合茶屋（今のラブホテルのようなもの）が立ち並んでいて、逢引の男女が何組も出入りしていました。ふしだらな男女は、情交がすんだあと、その始末をした桜紙（ティッシュペーパー）を宿の縁側や窓から池に投げ捨てる。その紙を麩《ふ》でも投げてくれたのかと急いでよってくる馬鹿なすっぽんよ、という句なのです。

すっぽんもずいぶんとコケにされたものですが、そのすっぽんが今では超高級料理になっているのですから、世の中はおもしろいといいましょうか。もう十年ほど前のことになりますが、京都の有名なすっぽん料理の老舗に三人で行って、十万円ほどの勘定になり、胆をつぶしました。しかし、味のほうは大満足で、これだけおいしいものが長年の間、なぜ、あれほどまでに貶《おとし》められていたのか、そのほうに不審と憤りを感じました。

酔びとは船へかへらずさかなとす霰のなかに鮟鱇を切る

『酒ほがひ』に収められている吉井勇の歌です。鮟鱇を切っている吉井勇の姿が眼前に浮かんでくるようないい歌ですが、この鮟鱇も差別されてきた気の毒な魚です。

中国では老婆魚といいます。容貌が魁偉だからでしょう。

その以前あんこう食ひし人の胆

江戸後期の琳派の画家酒井抱一は杜綾《とりよう》という俳号で俳句もよくする人ですが、こんな句もあります。

俗に「海鼠《なまこ》を最初に食べた人間はよほど勇気のある人だ」といいますが、この抱一の句も同じ発想です。(鮟鱇をはじめて食った人はよほど肝っ玉のすわった人にちがいない)というところでしょう。

鮟鱇の罪業深く吊されぬ　　栗原米作

食ひあます病者ばかりや鮟鱇汁　　田畑はじめ

鮟鱇を詠んだ句には明朗闊達なのが少ないように思うのは私の気のせいでしょうか。

鮟鱇料理は茨城県の水戸地方が名物にしていますが、こちらでは鮟鱇鍋のことを「どぶ汁」と呼んでいます。一般の鮟鱇鍋と違って、キモをつぶして溶かした汁だけで煮るので、見たところはたしかに溝泥のようですが、それにしても食べものにどぶ汁とはひどい命名ではありませんか。人を見かけだけで評価してはいけない、と私たちは教えられてきましたが、人間だけではありません。魚たちだってそうではないでしょうか。

元禄の外食ブーム

「昭和元禄」という言葉がはやったことがありました。昭和四十年代のことです。『読売年鑑』昭和四十四（一九六九）年版の「世相」の項に「〝昭和元禄〟の到来」という見出しの記事があり、漫画雑誌やカラーヌードが氾濫して、巷はまことに泰平ムードだと書かれていました。昭和四十四年一月に経済企画庁（当時）が「消費動向調査」を発表し、各紙がこれを報道しましたが、その記事にも「昭和元禄」の見出しがつけられていました。前年の昭和四十三年には、わが国初の超高層ビル「霞が関ビル」が完成したり、三菱重工、八幡製鉄などが「世界百大企業」にランク入りしたり、日本経済がたいへん元気になったニュースがいくつもありました。

その景気のよさを表現するのに江戸時代の「元禄」という年号を拝借したのが「昭和元禄」という言葉だったのです。たしかに、江戸の元禄時代は、戦後日本の高度経済発展期に酷似しています。元禄時代が景気がよかったという証拠として、ちょっと変わった事例をご紹介します。

女房の不義で片端《かたはな》もつ世帯

前句付けの川柳で、この句がつけた前句は「ぬからぬ面を仕て居たりける」というものです。作者は白英。元禄六（一六九三）年の作です。

「昭和元禄」のときでも、失業者がいたように、景気のよかった江戸の元禄時代でも家計不如意な世帯はあったでしょう。

亭主の稼ぎの悪さにむしゃくしゃした女房が憂さ晴らしに浮気をする。これに気づいた亭主が腹を立てたかと思うと大違い。間男を呼び出し、間男代の「七両二分」を巻き上げ、これを女房に渡して、家計の穴埋めをしました、という川柳です。「片端」は「片一方」。棒の片一方を担うことです。浮気女房とおどし亭主と二人がかりで家庭経済のピンチを切り抜けたわけです。

だれが、いつ、どんな理由で決めたのか知りませんが、江戸時代の間男代は七両二分が相場でした。元禄時分の一両は、今の三万円くらいでしょうから七両二分は二十二万五千円。家計の穴埋めにはなるでしょう。ところが、こんな川柳もあります。

女房を睨んで亭主五両とり

女房の浮気の現場を押さえた亭主、型どおり、間男のほうからは五両の内済金をとりたてたが、自分の女房からとるわけにはいかないから、女房に対しては睨みつけただけ、ということです。

間男から金を巻き上げるのは同じですが、その金額が違います。その理由は時代の差です。この川柳が詠まれたのは明和七年で、元禄が終わってから六十年以上経っています。

明和は十代将軍家治の治世で、田沼意次がご用人になり、賄賂政治が横行した時代ですが、風水害のために凶作がつづき、各地に百姓一揆が起こって、世の中は不景気でした。そのため間男の内済金も値下がりしたのでしょう。

このような、妙な面から見ても、元禄時代の殷賑《いんしん》ぶりがうかがわれます。

それは、当然、食生活にもはっきりあらわれています。

昔は、外で食事をするとか物を食べるのは珍しいことでした。文政十三（一八三〇）年に書かれた喜多村信節《のぶよ》の『嬉遊笑覧』は近世の風俗習慣を詳しく考証した著作として有名ですが、その中に「享保半頃迄途中にて価を出し、食事せむこと思ひもよらず」という記述があります。享保は徳川八代将軍吉宗の治世で、一七一六年から一七三五年まで十九年間続いています。「途中にて価を出し、食事」というのは外食することですが、それが思いもよらないのは、そういう店がきわめて少なかったからでしょう。

でも、まったくなかったわけではありません。山東京伝の弟の山東京山が書いた『蜘蛛の糸巻』には「百五、六十年以前は江戸には飯を売る店はなかりしを天和のころ始て浅草並木に奈良茶飯の店ありしを、諸人珍しとて、浅草の奈良茶食はんとて、わざわざ行しよし、近古の双紙に見へたり」とあります。天和は元禄の四年前の年号です。

元禄六（一六九三）年に出た井原西鶴の『置土産』にも、

「近き頃金竜山の茶屋に、一人五分宛奈良茶を仕出しけるに、器物の奇麗さ色々調へ、さりとは末々のものの勝手の好き事となり、中々上方にも斯る自由なかりき」

とあって、このころから外食の店が現われはじめたことがわかります。「奈良茶」というのは「奈良茶飯」の略です。奈良の東大寺や興福寺などで、煎じた茶に大豆などを入れて塩味で炊いたご飯を参詣客らに振舞いました。これを奈良にちなんで奈良茶飯と呼んだのです。

女房を奈良茶の中でつかまえる
女房をしばって奈良茶食ってゐる

奈良茶を詠んだこんな川柳がありますが、これはちょっと注釈が必要でしょう。

奈良茶は先に記したように、東大寺や興福寺ではじめられた因縁から、お寺の門前で売られることが多かったのです。この川柳の奈良茶も鎌倉の東慶寺の門前で売られていた奈良茶です。東慶寺は、周知のように駆け込み寺。ここへ訴え出ればいやな亭主と別れられるというので、亭主に愛想を尽かした女房が駆けこんでくるお寺です。女房の姿が見あたらない、さては女房め、鎌倉へ行きやがったな、と察しをつけた亭主が後を追っていくと、果たして東慶寺の前でうろうろしている女房をみつけた。そこで、「女房をしばって奈良茶」ということになるのです。

奈良茶飯を食べさせる茶屋に先行した外食商売は煮売り屋です。大道沿いに屋台店を出して煮物や餅などを売っていました。

文化文政のころになると、「五歩に一楼、十歩に一閣、皆飲食の店ならずということなし」（一話一語）といわれるくらい外食の店が増えるのですが、その魁《さきがけ》になったのが元禄時代なのです。

辛子

「初鰹」の項で、桜の皮が食中毒に効く、という話を紹介しました。これは多分迷信でしょうが、鰹の食中毒の予防にほんとうに効くものがあります。辛子です。

近ごろは、鰹の刺身にアタった、というような話はあまり耳にしません。そのせいもあって、鰹の刺身は生姜醤油で食べるのが常識になっていますが、江戸時代は辛子をつけて食べるのが決まりでした。食品衛生の設備や考え方も今のように行き届いてはいない上、輸送手段のスピードも現在とはくらべものにならぬ江戸時代では、アシの早い鰹で食中毒になった人は少なくなかったに違いありません。

その予防手段として殺菌力の強い辛子が重用されたのでしょう。辛子は殺菌力の強さでは香辛料の中でも一番、といわれています。鰹に辛子はつきものだったのです。

初鰹銭《ぜに》とからしで二度泪《なみだ》

春の末銭にからしをつけて食ひ

こんな古川柳もあります。辛子が目にしみて涙が出、食べ終わって勘定を払う段になって、あまりの高価にもう一度涙が出る、ということでしょう。

辛子の薬効の強さを示すものとして、古代のエジプト人が生肉を食べるときには必ず辛子を食べた、という話があります。種を粒ごと口に放りこんで、ガリガリ嚙みながら肉といっしょに食べるのだそうです。

しかし、いくら殺菌力が強いといっても、ここまで来るとマユツバですね。

黒鯛を辛子で旅の留守に食ひ

ちょっとわかりにくい川柳ですが、江戸時代には、辛子はなんと堕胎の効果もあると信じられていたのです。もちろん、これは迷信のたぐいでしょう。亭主が旅に出かけたその留守に浮気した女房。あいにくなことに一発で妊娠してしまった。なんとかしようと、辛子を懸命に食っている、という句です。ひどい女房もいたものですね。

衣更　若葉の空にほととぎす　其の一声を待ちながら　辛子に涙　初鰹

福村弥生詞　春日とよ曲

漬物

「日本の伝統的な食事は漬物にはじまって漬物に終わるというくらいに、漬物が食生活の柱になってきた」

と樋口清之は『食物と日本人』の中で述べています。その漬物の中でも、瓜と茄子は大根と並んで、もっとも多く食べられるものでしょう。『日本大百科全書』の「漬物」の項にも、

「漬物は、乾燥品とともに人類が知った最古の食品加工法であったといえよう。奈良時代には、ナス、ウリ、カブ、モモなどの野菜や果実を塩や酢、粕などで漬けて寺院の僧侶の食用としていた」

と茄子と瓜が真っ先に挙げられています。

『延喜式』の第三十九巻、内膳司には、春菜漬け十四種、秋菜漬け三十五種についての記述がありますが、そこでも秋菜漬けのはじめに挙げられているのは瓜、大根、茄子です。

瓜や茄子の漬物を「おふくろの味」に挙げる人は多いに違いありません。


食卓の茄子の漬物むらさきに朝々晴れて百舌鳥のなく声　太田水穂

茄子の漬物のあのつややかな色は見事としか言いようがありません。「色で迷わす浅漬け茄子」とはよく言ったものです。水穂の歌では「むらさき」となっていますが、実際には黒紫色、それも黒が強く、濃い。「真黒」と名づけられた種類もあるくらいです。

女《め》のわらは入り日のなかに両手《もろて》もて籠《こ》に盛る茄子のか黒きひかり

斎藤茂吉の『赤光』にはこんな歌もあります。

茄子漬のあしたの色に執着す　米澤吾亦紅
漬茄子の色あざやかに嫁《ゆ》かずあり　菖蒲あや

など茄子漬けの色に感嘆した歌句はたくさんありますが、異色なのはこの歌でしょう。

放射能ふくみて降れば店さきの皿に濡れをり生瓜《きうり》と茄子《なすび》　窪田章一郎

これはちょっと恐ろしい歌です。水爆実験による放射能雨が大問題になったことがありました。一リットルの水を蒸発させた残りの固形物について一センチの距離から測って、何カウントまでは安全だとか、当局の発表に一喜一憂したものでした。

この歌が詠まれたのはそんな時代のことでしょう。雨に濡れた生瓜と茄子の色の鮮やかさに見とれた作者がふっと放射能雨のことを思い出し、こんな美しい色をしているのに、放射能に汚染されているとは、と複雑な心境になったのでしょう。

窪田章一郎は歌人で文化功労者の窪田空穂の長男で早大教授だった人。みずからも歌誌「まひる野」を主宰する歌人でもありました。

茄子は煮ても焼いても揚げてもおいしく食べられますが、やはりもっとも多く人々が口にしているのは漬物でしょう。わが家でもシーズンになると、三日に一度は茄子が食卓にのぼります。味噌汁の実として、焼き茄子として、あるいは唐揚げとして、とさまざまですが、一番多いのは私も妻も大好物の水茄子の漬物です。

水茄子は室町時代から栽培されている古い品種で、大阪府泉佐野市上之郷《かみのごう》が発祥の地とされています。この地方には昔から「日根野小豆《ひねのあずき》に上之郷茄子」という俚諺があって、地元では評判の野菜の一つだったのですが、この土地でしか育たないため全国的にはあまりよく知られていないようです。

私も実は、水茄子という名前さえ知らなかったのですが、たまたま妻が知人から頂戴したのを七、八年前にはじめて食べ、いっぺんに病みつきになりました。

「辛子醤油をちょっとつけて食べるのが一番おいしい食べ方です」と言われて、そのとおりにしたのですが、いや、そのうまかったこと！　サクリとした歯ごたえ。仄かな甘みのある食感。これまでに味わったことのない味覚でした。

水茄子の第一の特徴は「本家の村を離れると木茄子に化ける」ことだそうです。よその土地へ種を持っていって蒔いても、普通の茄子になってしまう。この泉州の土地でしかできない、ということだそうです。

そしてもう一つ、「絹皮水茄子」の別称があるくらい、果皮が非常に軟らかいことです。そのため傷つきやすいので、昔は長距離の輸送もむずかしく、地元だけで消費されていたそうです。他の土地では育たない、他の土地へは運べない、という文字どおり「門外不出」の野菜だったのです。

それが近年の品種改良や輸送手段の向上などのおかげで、東京に住んでいる私たちが毎朝たっぷりと食べられるようになったのです。

漬物一つで、大げさなことを言うようですが、徳川の将軍たちよりも二十一世紀の庶民である私たちのほうがはるかに豊かな食生活をエンジョイしているのではないか、と思います。

塩漬け

塩にしてもいざことづてん都鳥　　芭蕉

『江戸十歌仙』にある句です。都鳥はユリカモメのこと。都鳥といえば、『伊勢物語』でおなじみの在原業平の歌、

名にしおはばいざこと問はむ都鳥わが思ふ人はありやなしや

が有名ですが、芭蕉もこの歌をもじっているのです。「塩にして」は「塩漬けにして」ということ。(京の都の人たちは「都鳥」の名は聞いて知っていても、実物は見たことがないだろう、塩漬けにしてでも都に送って、見せてあげたいものだ)

というのが句の意味です。

生魚、生肉、生果実、植物などの保存、腐敗防止に大昔から人間は工夫を重ねてきました。天日に干す、地中に埋めるなど、さまざまな方法が考え出されましたが、もっとも調法がられたのが「塩漬

け」という手段です。

私たちの祖先が、塩漬けということを発見した筋道は容易に推測できます。魚は非常に腐りやすい生きものです。そして、腐敗すると、悪臭を放つし、食べると中毒を起こす。始末の悪い食べものです。ところが、この魚が太陽にさらされてカラカラに乾くと、腐らないし食べても中毒を起こすどころか、味が凝縮してうまくなる。

干物にすると魚は腐りにくくなるのだな、ということをまず発見します。それから干物になった魚をよく観察すると、全身に塩をふいている。これを見て、塩にも腐敗防止の作用があるのだろう、と思いつきます。さらに、味が凝縮して生のときよりうまくなるのもこの塩のせいではないか、とも考えます。そんなことから塩漬けにすれば、魚に限らず、いろんな食物を腐敗させず、味をよくするのだ、という結論を出したのだろうと想像できるのです。

天平年間（七二九〜七四九年）の木簡に、瓜や青菜などの塩漬けのことが記載されています。これがわが国における漬物の最古の記録です。

味噌漬け、粕漬け、酢漬けなど漬物には多くの種類がありますが、第一号は塩漬けなのです。

都鳥を塩漬けにして、という芭蕉の発想も奇抜ですが、もっとスゴい塩漬けの例があります。

昔の合戦では、一騎打ちで「敵の大将、討ち取ったり」というような大手柄を立てる場面があります。こうした場合、やっつけた相手の死体から首だけを切り取って陣地に持ち帰ります。総大将に首実検してもらい、手柄を確認してもらうためです。

しかし、総大将は合戦の場所の近くにいるとは限りません。いい例が源義経です。兄の源頼朝に追われた義経は文治五（一一八九）年奥州平泉で最期を遂げますが、そのとき、追手側の総大将頼朝は鎌倉にいます。義経を討った藤原泰衡は鎌倉へ急使を送って、
「四月三十日、義経を討ち取りました。首はすぐにお届けします」
と報告します。『吾妻鏡』には、この義経の首実検のことが詳しく書かれています。黒塗りの柩に入れ、二人の下人が担いで、陸路百数十里、四十日あまりをかけて、鎌倉七里ケ浜の西端腰越まで運んで来、そこで首実検が行なわれたとのことです。

遺体の腐敗防止のために「酒に浸して」という説と「いや、酒では四、五十日は保たないから塩漬けだ」という説とがありますが、陸奥の国は古来、塩の名産地であることを考えても、塩漬け説のほうが正しいのではないでしょうか。

四国女子大学教授の平島裕正氏には『塩――ものと人間の文化史』という著書がありますが、それによると、「ミイラということばは、塩漬けという意味」だそうです。大昔のエジプトでは死体を七十日間強い塩水に漬けこみ、ついで薬液にひたしてミイラをつくった、という話も同書にありました。

食から離れた話題になってしまいましたが、塩漬けにするのは保存、貯蔵のためばかりではありません。もののの味をよくするためにも塩漬けは強い効果をもたらします。

白菜、京菜、小松菜など野菜の薄塩漬けは味噌漬けなどと違って素材の風味を十分に生かせるので、食通には好まれます。

「イクラ」はロシア語で単に「鮭の卵」という意味での言葉ですが、紅鮭の卵を塩漬けにしたのを「イクラ」というのだと思いこんでいる日本人が少なくありません。キャビアもチョウザメの卵巣を

塩漬けにしたものです。塩漬けが美味をつくりだすことはこの二例でもよくわかります。

塩豆もそうです。京都・北野の真盛寺に「真盛豆」という名物の塩豆があります。豊臣秀吉が食べて感嘆したと伝えられている塩豆です。細川幽斎がこの塩豆を詠んだという歌まで伝わっています。

君が代は千代に八千代にさざれ石のいはほとなりて苔のむす豆

「いはほ」は「巖」です。「君が代」を茶化したような戯歌で、今なら右翼がいちゃもんをつけそうですが、昔はこの程度のことは平気だったのでしょう。それにしても、歌にまで詠まれた塩豆があるとは知りませんでした。これも塩漬けの効果のうちでしょう。

饅頭

新聞でも今は「まんじゅう」と仮名書きしかしませんが、漢字では表題のように饅頭と書きます。饅の旁《つくり》の「曼」は冒頭の冒と同じもので、頭巾を深くかぶり、目だけを出している形です。そういう形をした食べるものが饅です。これを中国では「マントウ」と読みます。

「まんじゅうこわい」という落語があります。はじめは上方落語として、大阪の落語家がいろいろ演じていたのを明治の末期に、当時売れっ子だった蝶花楼馬楽が東京に移入して、大評判になった噺です。

「なにが怖いと言ったって、饅頭ほど怖いものはない。饅頭を見ると身の毛がよだつ、全身がふるえる」と熊公が言う。熊公は仲間の嫌われ者で、仲間たちは熊公をおどかしてやろうと、饅頭を山ほど買ってきて、昼寝している熊公の枕元に置く。

目が覚めた熊公は饅頭の山に驚き、「あ、怖い、おそろしい」と言いながら、むしゃむしゃと平らげてしまう。この様子を見ていた仲間が怒って熊公につめよると、熊公はすました顔で、

「ああ、濃いお茶が一杯怖い」

と言うのがオチになっている噺です。落語の中でもよく知られている噺ですが、ただし、この噺は

純「国産」ではなく、もとは中国の笑話集にある話です。饅頭の笑い話も中国から輸入したくらいですから、饅頭そのものが中国からの到来物であるのは当然のことでしょう。

饅頭の起源は諸説ありますが、三国時代（紀元前二百年頃）に諸葛孔明が創案したという説が有力です。孔明が軍を率いて川を渡ろうとしたとき、川が荒れて何日も渡れない。側近が兵を何人か生贄にして水神をなだめては、と進言したが、孔明は、戦いに苦労した兵士にそんなことはさせられない、人間の頭によく似たものをつくって川に沈めよ、と命じた。それが饅頭のはじまりだというのです。日本に伝えられたのは鎌倉時代の初期ですから、日本人が饅頭を味わったのは、中国人より千四百年も後のことになります。当然、『万葉集』や『古今集』に饅頭の歌はありません。

もっとも奈良時代に唐菓子がいくつか伝来していますが、その中に「餛飩《こんとん》」というのがありました。小麦粉を水でこねて、中に細かく刻んだ肉を包み、丸めて蒸したものです。饅頭の前身みたいなものですが、これを饅頭とみれば、日本人もわりあい早くから饅頭に接していたことになります。

室町時代の饅頭職人の珍しい歌が残っています。

いかにせむこしきに蒸せるまんじゅうのおもひふくれて人の恋しき

「こしき」は甑で米や饅頭などを蒸す瓦製の器具です。蒸された饅頭が一気に膨れ上がるありさまを自分の恋心にたとえた歌です。昔の饅頭はなかなか上品、高級なものだったことが推察されます。今は自分の恋を饅頭にたとえる人なんていないでしょう。

わが国で初の本格的俳諧連歌集と評価されている『竹馬狂吟集』は明応八（一四九九）年の本ですが、その中に、

座敷のうちに食ふは饅頭
平家にや多田のゆくへを語るらん

という歌が載っています。単に饅頭を詠んだ歌ではありません。饅頭にかけて源平のことを物語っているのです。

（座敷で饅頭を食っている男がいるが、あれはだれだ？　平家の琵琶弾きかな？　そうだとすればいまに多田満仲《ただのみつなか》のことを物語るに違いない）

というのが歌意。多田満仲は多田源氏の祖といわれる源満仲のこと。満仲を「まんじゅう」と音読みにして、饅頭にかけているのです。

饅頭に化けて来なよと文がくる

これは江戸川柳ですが、この句も歴史上の有名な人物を詠みこんでいます。
七代将軍家継のときに起こった「絵島・生島事件」という大きなスキャンダルがあります。今ならテレビのワイドショウが連日放映して飽きない話題でしょう。

家継将軍の生母月光院に仕えた大年寄（大奥女中の総領で、男なら老中に匹敵する地位）の絵島が、当時、人気絶頂の歌舞伎役者生島新五郎と密会をしたのが露見して、生島は三宅島に流罪、絵島は信州に蟄居謹慎になった、という事件です。

この密会の経緯が巷説では、絵島が饅頭を大量に注文したことにし、その饅頭を蒸す大型の蒸籠《せいろう》の中に生島を忍びこませ、大奥に運び入れた、ということになっています。そして、その巷説をもとに、次のような川柳がいくつもつくられました。

饅頭はあんまり芸がうますぎる
門番も初手は饅頭だと思い
饅頭の化け物蒸籠から出る

もう一つのマンジュウ

饅頭の種類はたいへん多い。大きく分ければ酒饅頭と薯蕷《しょよ》饅頭で、前者の老舗が虎屋、後者の老舗が塩瀬です。饅頭のいわれからすれば、これに肉饅頭を加えるのが至当でしょう。

饅頭の起源は中国三国時代の名将として知られる諸葛孔明だといわれています。ある戦いで孔明の軍が苦戦したとき、側近が「生首を神に供えて、戦いを勝利に導くよう祈願しては」と兵士の何人かを犠牲にするよう進言したのを孔明はしりぞけ、羊と豚の肉で人頭に似せた形をつくり、それを小麦粉を練った皮で包んで蒸し、神前に供えたのです。人命を尊んだ孔明の心を神も認めたのでしょう、戦いは孔明の勝利に終わりました。今日の中華肉饅頭は、この「孔明饅頭」の流れだといってもいいでしょう。

全国各地に名物饅頭がありますが、とても列挙できる数ではありません。思いつくままに挙げてみても、東京の花園饅頭、名古屋の納屋橋饅頭、岡山の大手まんじゅう、福島の薄皮饅頭、鹿児島のカルカン、愛媛の唐饅頭、等々、きりがありません。

饅頭の元祖の肉饅頭が長い間、振るわなかったのは、肉食を禁じた仏教思想のせいでしょう。その点、山藷を用いた薯蕷饅頭は上用饅頭ともいわれ、江戸時代には幕府の茶事にも用いられたくらい重んじられました。

茶事における饅頭の食べ方などという決まりもあって、丸ごと食べてはいけない、とか、半分に割ったのをいったん下において、とかうるさい作法があったようです。饅頭がすっかり大衆化して需要が増えたのは喜ばしいことでしょうけれど、反面、昔のような権威がなくなったのは饅頭にとって遺憾なことでしょう。饅頭にとってもっと不本意なことがあります。先に絵島、生島事件にちなむ川柳をいくつか紹介しましたが、『江戸川柳辞典』(浜田義一郎編)には、こんなのも載っています。

蒸籠でさきのまんぢう喰に行

「さきのまんぢう」は餡この入った饅頭ではなくて「女陰」のことだと、注釈がしてあります。饅頭に化けて蒸籠に入って、大奥にいる「マンジュウ」を喰いに行くのだ、と川柳子は皮肉っているのです。「北海盆歌」の替え歌にも、

暗い夜道でグヮダラどころんだぁ　ころんだその手で　娘《あね》まんじゅうつかんだ
十七娘とゴロラど寝だけぁ　娘まんじゅコも　いま食いごろだ　『日本春歌考』(添田知道)

というのがあります。「マンジュウ」は女陰の意味で日本全国広く通用しているようです。どういう根拠で、また、いつごろからそんなことになったのか、私は不敏にして承知しませんが、饅頭の心中を察すると気の毒でなりません。

瑞穂の国は詐称？

日本の国のことを「瑞穂国《みずほのくに》」といいます。瑞穂は「みずみずしい稲の穂」のことで、米を主食とするこの国にふさわしい美称だと多くの日本人は思っていることでしょう。一段と飾って「豊芦原瑞穂《とよあしはらみずほの》国《くに》」、さらに飾って「豊芦原千五百秋瑞穂国《とよあしはらちいほあきのみずほのくに》」ともいいます。「豊芦原」は豊かに葦が生い茂っている原のことで、「千五百秋」は「千年も万年も」「永遠に」の意味です。太古の昔から、今も、さらにこの先もいつまでも豊かな稲の実りが保証されているありがたい国、という意味です。

すばらしい褒め言葉ですが、ほんとうにそうだったのでしょうか。

私は山口県で生まれましたが、少年時代を大阪で過ごし、味原小学校というところで学びました。校名の「味原」は「豊芦原」の「芦原」に由来します。

近くに「高津」というところがあり、私の弟は「高津中学校」を卒業しました。「高津」は「高津宮」があったところだと伝えられています。戦前、戦中の小学校教育を受けた日本人なら、

高き屋に上りて見れば煙立つ民の竈はにぎはひにけり

という歌を覚えていることでしょう。これは仁徳天皇が高津宮の高殿にのぼって民家の家並みを見渡しながら詠んだとされている歌です。

仁徳天皇がはじめて高殿にのぼって見渡したときには、先述のように民家から立つ煙があまりにも少なかったので、天皇は民を哀れみ、三年間、課役を免除することにしたのですが、三年後に再び高殿にのぼってみると、煙の立ち具合が一変している。

（そうか。三年間、課役を免除した甲斐はあったのだな。民は豊かになったのだな）

と納得し、喜びながら詠んだのがこの歌なのです。仁徳天皇がのぼった高殿、すなわち「高つ屋」が高津の地名の起こりだとされています。

そんな個人的事情もあって、私は子どものころから「民の竈のにぎわい」に強い関心をもっていました。

豊芦原瑞穂国なのだし、仁慈あふれた天皇もいたことだし、日本人は長年の間、米だけは不自由しないで十分に食べてきたに違いない。そう思っていました。私ばかりではないでしょう。大部分の日本人は私と同じように思いこんでいるのではないでしょうか。

しかし、その思いこみは、かなり的外れだったようです。

百姓はかなしかりけり米売りて己れは麦を食ひて足らへる　平林茂

昭和十三（一九三八）年に改造社から『新万葉集』十巻が刊行されました。その中にある一首です。

豊芦原瑞穂国の瑞穂のつくり手は農民（百姓）です。それなのに、その米を売り払って農民一家は毎日麦ばかり食べている、とはどういうことなのでしょう。

農民文学の代表作といわれる長塚節の『土』は、明治四十四（一九一一）年に朝日新聞に連載されたものですが、その中にこんな一節があります。

「貧乏な百姓は、いつでも土にくっついて食糧を穫ることばかり腐心してゐるにも拘らず、其の作物が俵になれば、既に大部分は彼等の所有ではない。其の所有であり得るのは作物が根を以て、田や畑の上に立ってゐる間のみである」

農民のおおかたは小作農であって、その作物の所有権は地主に握られているのです。地主は自分たちが必要とする飯米以外はみな売却してしまうから、つくり手である農民の口には入らない、というわけです。

自作農の場合も、現金収入を得るために、高く売れる米を売って、自分たちは他の食物で、胃袋を満たすことになります。

平林茂の歌はそんな農民の立場を訴えたものでしょう。

同書にはまた、次のような歌も載っています。

雨傘の重みに首根こらしつつ一日かなしく田を植ゑにけり　　菊池勇八

田植えは米づくりの中でも特にきびしく、たいへんな作業ですが、それでもこれが秋の実りの原点だと思えば、田植えをする人々にとっては誇りと喜びがあったはずです。

それなのに、「一日かなしく田を植ゑにけり」とはどういうことでしょう。

こうやって一生懸命植えている稲が秋に豊かに実っても、それは売り物でしかない。自分の口には入らないのだ、という思いが田植え人をかなしくさせているのに違いありません。

瑞穂国はたしかに米が生産される国ではあった。しかし、その米は米をつくった人々の口にはあまり入らなかった。そんな大きな矛盾をかかえてきたこの国の姿を、私はこれらの歌によって教えられたのです。

「豊芦原千五百秋瑞穂国」は、支配者にとってはどうか知りませんが、私たち一般国民にとってはまったく実感のない美称にすぎません。こんな言葉を長年信じこんでいたわが身が可哀そうな気がします。

憶良の嘆き

現代でもこんな状況なのだから、万葉の大昔、米が農民にとって縁遠い食物だったのも当然のことでしょう。

風交《まじ》り　雨降る夜の　雨交り　雪降る夜は　すべもなく　寒くしあれば　堅塩《かたしお》を　とりつづしろひ
糟湯酒《かすゆざけ》　うちすすろひて　しはぶかひ　鼻びしびしに　しかとあらぬ　ひげ掻き撫《な》でて　我《あ》れをおき
て　人はあらじと　誇《ほこ》ろへど　寒くしあれば　麻衾《あさぶすま》　引き被《かがふ》り　布肩衣《ぬのかたぎぬ》　ありのことごと　着襲《きそ》へど
も　寒き夜すらを　我れよりも　貧しき人の　父母は　飢え寒《こ》ゆらむ　妻子《めこ》どもは　乞ひて泣くらむ
この時は　いかにしつつか　汝《な》が世は渡る

『万葉集』巻五に載っている、有名な山上憶良の『貧窮問答《びんぐうもんどう》』の前半です。

憶良は万葉集の代表的歌人の一人で、身分も高く、暮らしも豊かでした。貧窮とは関係のない境遇の人です。

筑前守として九州に六年ほどいたのですが、その間に見聞した庶民の暮らしぶりを「貧者」と「窮者」が問答しているという形で歌にしたものです。

(風雨にまじって雪まで降る夜は、どうしようもなく寒い。堅塩をかじったり、糟汁をすすったりしても、咳きこんだり、鼻がぐずぐずするのが関の山。しょぼっとしたヒゲを撫でながら、オレほどの人物がほかにいるか、と強がりを言ってはみても、寒さはかえって身に沁みる。麻布団をかぶったり、着物をありったけ合わせ着しても寒さはこたえる。オレでさえこんなにこたえるのだからオレより貧しい人たちはどうなのだろう。その人の老いた父や母はひもじいのも寒いのもじっと黙ってこらえている。一方、女房や子どもたちは寒いよう、なんか食べたいよう、と泣き喚く。そんなとき、一体どうしたらいいのだろうね)

と、貧窮の人々の暮らしぶりを歌ったあと、後段では、人々の貧しい食生活をこんなふうに詠じています。

竈《かまど》には　火気《ほけ》ふき立てず　甑《こしき》には　蜘蛛《くも》の巣懸《か》きて　飯炊《いひかし》く　事も忘れて　鵺鳥《ぬえどり》の　呻吟《のどよ》ひ居るに　いとのきて　短き物を　端截《はしき》ると　云へるが如く　楚取《しもと》る　里長《さとおさ》が声は　寝屋戸まで　来立ち呼ばひぬ　かくばかり　術《すべ》なきものか　世間《よのなか》の道

(竈に火が入ったことはずっとないし、蒸し器には蜘蛛の巣が張ってしまっている。飯を炊くなんてことはすっかり忘れてヒイヒイ呻いているのに、里長は鞭をふりまわして、早く租税を納めろ、と各戸をまわって歩く。こんなにもせつないものなのかねえ、この世の中は)

憶良は今から千三百年も前の時代の人です。そんな大昔のことを今、言い立てても仕方ないではないか、という人がいるかもしれませんが、では、万葉以後、日本はほんものの瑞穂国になったのでしょうか。米のつくり手である農民たちは、米を自由に食べることができたのでしょうか。ノー！　です。江戸時代に飢饉があいつぎ、農民一揆が頻発したことは周知のことです。享保飢饉のときには飢人数三十四万人余、死者六千人という記録が残っています。さらに私が呆れるのは、飢饉ではない豊作の年でも農民は自由に米を口にできなかったことです。

農民が国民の九割を占めた江戸時代、幕府はさまざまな形で農民を統制しましたが、その一つに慶安二（一六四九）年に公布された「慶安のお触れ書」というのがあります。農民の生活全般にわたって、こまかく指示を与えたものとして有名ですが、今の目でみると、よくもこんなに農民を馬鹿にした触れ書を出したものだな、と呆れるほかありません。

原文は省略して、あらすじをお伝えしますと、こうです。

「百姓というものは、万事、みさかいもなく、あとさきの考えもないものだから、秋の収穫時になると、米をむやみに食べてしまう。不心得のかぎりだ。飢饉のときのことを考えて、雑穀を主とした粗食に徹しなければならない。豆やささげや芋の落葉でも十分に食用になるのだ。子どもは早く奉公に出す。物見遊山にふける女房は暇を出す」

などと言いたいことを言って、農民の暮らしを締め付けているのです。

米はつくっても口には入らない、悲しくも情けない状態が千五百年もの昔から昭和の現代まで延々と続いたのかと思うと、情けなさを通り越して、呆れるほかありませんね。

そんな封建時代の悪弊が現代になってもなお十分には解消されなかったことは、前にお伝えしたとおりです。

歴史学者で元神奈川大学特任教授の網野善彦の『日本中世の民衆像』に次のようなくだりがあります。

「日本人が米を常食とする稲作民族であるという常識的な日本人観のなかには、かなりの部分、権力者のつくり出した『虚像』が入っているということです」

まったくそのとおりだと思います。

まれに魚烹て

たのしみはまれに魚烹《に》て児等《こら》皆《みな》がうましうましといひて食ふ時

「たのしみは」ではじまり「時」で終わる、橘曙覧《たちばなのあけみ》の有名な連作『独楽吟』五十二首の中にこんな歌があります。橘曙覧は江戸後期の歌人で橘諸兄の末裔といわれています。橘諸兄は奈良時代の政治家で一時は藤原氏を倒して権勢を誇ったことで知られています。曙覧は清貧の生涯を送ったことで知られていますが、名門の出ではあり、決して下層階級の人ではありません。

そういう人が「まれに魚烹て」と歌っているのを知って、私はちょっと首をかしげました。

「まれに」というのは、どれくらいの「まれ」なのだろうか。月に一度？　それとも二か月に一度なのかな、と詮索したのです。

日本は今では世界でも有数の魚類消費国ですが、奈良・平安のころは魚類はきわめて貴重なもので、庶民の口にはめったに入りませんでした。庶民が魚を自由に食べられるようになったのは江戸時代も中期以降のことです。

江戸時代の風俗・文学の研究家として知られる三田村鳶魚《えんぎょ》の『江戸生活事典』（稲垣史生編）には、

「江戸ではどの町にも鮓屋が一二軒、蕎麦屋はその半分くらいの割合であった、ということを書いたものがある。今日ではそうでもないが、江戸時代には蕎麦屋の倍数ぐらい鮓屋があったものらしい。鮓は元日早々から売りに来たもので、これは江戸っ子の間食にもっとも便利なものだった」とあります。

蕎麦屋の倍も鮨屋があるという状況と、先に掲げた橘曙覧の歌とは非常にちぐはぐです。それも私が首をひねった理由です。

だが、いろいろ調べてみると、三田村鳶魚の話は江戸の中心部、今でいうと、東京二十三区内のごく一部の状況をにぎやかに述べたもののように思われます。都心からちょっと入った農村部の人々の食生活は、魚とはかなり縁の薄いものだったようです。

「副食の中心は味噌汁と漬物であった。漬物の中心は、この地方では圧倒的に大根で、一年中食べられるだけ保存しておく。その他各種の野菜が副食の中心だったことはいうまでもない。物日や祝儀・不祝儀のときの御馳走は豆腐と魚であった。（中略）魚は塩ざけが中心で、生の魚などは明治になってもほとんど食べられなかった。魚屋があったのは田無・府中・所沢などの町場・市場であって、人々はそこから買ってきたのであった」（体系日本史叢書16『生活史Ⅱ』旧幕藩制下の生活の展開）

というようなのが、庶民の全国平均の姿だったのではないでしょうか。「まれに魚烹て児等皆がうましうまし」と大喜びするというのがほんとうだったのでしょう。

天皇と牛肉

日本人が肉食と縁が薄かったのは、農耕民族であったせいもありますが、天皇が仏教に深く帰依したことが、それに一段と輪をかけた、といえるでしょう。

仏教が日本に伝来したのは、欽明天皇のとき（五五二年）ですが、仏教を広めた第一の功労者は聖徳太子です。太子が制定した憲法十七条の第一条は有名な「和を以て貴しと為し」ですが、それにつづく第二条は、

「篤く三宝を敬え。三宝とは仏・法・僧なり」

というもので、仏教の強力なＰＲです。日本の国教である神道については、十七条の中では一言も触れられていません。聖徳太子が仏教に打ちこんだ度合いがわかります。その太子の教えをもっとも忠実にうけとめたのが聖武天皇です。

聖武天皇は自分のことを「三宝の奴」（仏教の奴隷）と称したほどで、奈良に東大寺を建てたのも、諸国に国分寺や国分尼寺を建てたのもこの天皇です。

天平十七（七四五）年に聖武天皇は、

禁断三年之内天下殺一切完

という布告を出しました。向こう三年間はあらゆる生物を殺してはならぬ、というきついお達しです。肉食も無論ダメですから漁（猟）師は職を失います。その代わり、漁（猟）師の家には一人あたり一日籾二升が給付されました。そこまでして殺生をやめさせよう、というのですからたしかに「三宝の奴」ですね。

それまでにも、天武天皇らが肉食を忌避するためにいくつか布告を出してはいたのですが、落とし穴や機械仕掛けの槍で動物を捕獲してはならない、といった制限令のレベルでした。

そんなことだから肉食がいつまでもやまないのだ、と腹を立てた聖武天皇は一気に、前記のような強硬な布告を発したのです。

以来、日本人は世界でも珍しいくらいの肉食忌避民族になったのです。

特に武士階級は獣肉食を忌み、

「大名の行列も、ももんじ屋の前を通るときは、その不浄を嫌ひ、駕籠を宙にさし上げて通行せる程なりし」

と『江戸繁盛記』に記されているほどでした。

そんな日本人を肉食の禁忌から解放したのが、やはり天皇だったのですからおもしろいものです。

明治維新になって、文明開化の花がパアッと開いた、と思われていますが、実際にはどうでしょう。

明治四（一八七一）年に「断髪令」が出た後も、チョンマゲを切りたがらない人が多かったことからも、世の中はそんなにいっぺんに変わるものではないことがわかります。

ザンギリ頭をたたいてみれば、文明開化の音がする

という歌がよく知られていますが、実はこれは三番目の歌詞で、その前に、

半髪頭をたたいてみれば、因循姑息の音がする
総髪頭をたたいてみれば、王政復古の音がする

などの歌詞が先行しているのです。町を歩いている男たちには、ザンギリ頭よりは半髪頭や総髪頭のほうがずっと多かったのです。

食の文明開化も同様で、仮名垣魯文が『牛店雑談　安愚楽鍋』を書いて牛鍋を宣伝したのは明治四（一八七一）年のことですが、本は評判になったものの実際に牛肉を食べる人が急増するというわけにはいかなかったようです。

明治五年正月、明治天皇は二十歳の新年を迎えられたが、その記念すべき新年のご馳走に牛肉料理をお選びになった。

政府がまたこのことを大いに宣伝した。これが効いたのですね。

天皇陛下が召し上がったのだから、国民がそれに倣わぬほうはない、というわけで、われもわれもと牛鍋屋に足を運んだ。東京にそれまで数軒しかなかった獣肉販売店が明治十年には五百軒近くに増えた、という記録があります。

前出の『俳諧開化集』はその題名のとおり、明治の文明開化を素材にした俳諧を集めたものです。「瓦斯灯」や「郵便馬車」や「太陽暦」や「蒸気機関車」などを詠んだ句がたくさんあります。それらの中に「牛肉」「牛乳」と題して次のような句が並んでいます。

牛食へよ鰒《ふぐ》にまさりて毒はなし
和《やは》らかで歯茎にもあふ牛の肉
牛鍋《ぎゅうなべ》や寒がる人の寄合《よりあう》て
牛肉と書いた障子や冬の蠅
子に牛の乳をのまするも暑哉《あつさかな》
牛の乳に捨子育つる夜寒哉

これらを見ても、牛肉食いがどんなに猛スピードで進展したかがわかります。

著者略歴
一九二四年山口生
国学院大学中退
読売新聞記者を経て作家
主要著書
「十七文字の禁じられた想ひ」（講談社）
「心に染みいる日本の詩歌」（グラフ社）
「ニッポンの食遺産」（小学館）他

歌で味わう日本の食べもの

二〇〇五年二月一〇日 印刷
二〇〇五年二月二五日 発行

著者 © 塩《しお》田《だ》丸《まる》男《お》
発行者 川村雅之
印刷所 株式会社理想社
発行所 株式会社白水社

東京都千代田区神田小川町三の二四
電話 営業部〇三（三二九一）七八一一
　　 編集部〇三（三二九一）七八二一
振替 〇〇一九〇―五―三三二二八
郵便番号一〇一―〇〇五二
http://www.hakusuisha.co.jp
乱丁・落丁は、送料小社負担にてお取り替えいたします。

松岳社（株）青木製本所

JASRAC 出 0417342-401

ISBN 4-560-02775-7

日本の放浪芸

小沢昭一

半生をかけた芸能採録の全てをついに活字化。
定価八一九〇円（本体七八〇〇円）

ものがたり 芸能と社会

小沢昭一

放浪芸からテレビ芸まで体系的に書き下ろす芸能論。
定価五七七五円（本体五五〇〇円）

重版にあたり価格が変更になることがありますので、ご了承ください。（二〇〇五年二月現在）